Mentor

Lektüre · Durchblick

Band 323

PATRICK SÜSKIND

Das Parfum

Von Alexander Raab
und Dr. Ellen Oswald

Mentor Verlag München

Willkommen bei »Lektüre · Durchblick«!

Sie lesen gerade »Das Parfum« im Deutschunterricht?

Dann finden Sie hier in knapper und verständlicher Form – oft auf besonders übersichtlichen Doppelseiten – genau die Informationen, die Sie jetzt brauchen.

Sie werden sehen: Wenn Sie sich mit diesem Hintergrund »Das Parfum« nochmals vornehmen, steht dem vollen Durchblick nichts im Wege. Denn je mehr Sie schon wissen, desto mehr entdecken Sie selbst im Text – und so macht Deutsch-Lektüre erst richtig Spaß!

Viel Erfolg!

Autoren und Verlag

Alle Zitate nach:
Patrick Süskind: Das Parfum. Die Geschichte eines Mörders. Zürich 1994 (= Diogenes Taschenbuch Nr. 22800, seitenidentisch mit der gebundenen Erstausgabe, Copyright © 1985 by Diogenes Verlag AG Zürich)

Die Autoren:
Alexander Raab: Gymnasiallehrer für Deutsch, Französisch und Italienisch am Hessenkolleg Frankfurt; darüber hinaus tätig in der Hessischen Lehrerfortbildung, am Hessischen Landesinstitut für Pädagogik (HeLP) und an der Johann-Wolfgang-Goethe-Universität Frankfurt
Dr. phil. Ellen Oswald: Gymnasiallehrerin für Deutsch und Französisch an der Taunusschule Bad Camberg

Inhalt

Die Thematik

Vom 17. Juli 1738 bis 29. Juni 1767, während der Regierungszeit des französischen Königs Ludwig XV. (1715–1774) und während des Siebenjährigen Krieges (1756–1763) lebt in Frankreich Jean-Baptiste Grenouille. Seine Anti-Karriere ist die eines Opfers und Mörders zugleich.

Ein Zeck wartet auf die Gunst der Stunde

Patrick Süskinds Roman ist, so heißt es im Untertitel, die Geschichte eines Mörders. Er ist dennoch nicht nur ein Kriminalroman, in dessen Mittelpunkt die Auflösung eines rätselhaften Verbrechens oder das Psychogramm eines Kriminellen steht.

Es geht um den Lebensweg eines Einsamen, eines Ausgestoßenen und Abstoßenden, dessen geniale Begabung von anderen entweder nicht wahrgenommen oder verteufelt oder hemmungslos ausgenutzt wird. Der Sohn einer hingerichteten Kindsmörderin nimmt die Erniedrigungen, die ihm im Laufe seiner Jugend zuteil werden, mit der stillen Gewissheit hin, dass eines Tages für ihn, den Zeck, bessere Zeiten kommen werden, in denen er blutsaugend an seinen Mitmenschen Rache nehmen kann. Die philosophischen Ideale der Aufklärung erweisen sich in seiner Lebenspraxis als scheinheilig.

Ein Genie bleibt einsam

Grenouille ist ein Mensch, der anderen Menschen Furcht einflößt. Er ist anders als die anderen, weil er keinen eigenen, unverwechselbaren Geruch besitzt. Im Verlauf des Romans entdeckt er seine Begabung zum Parfumeur und seine Bestimmung zum Mörder. Er glaubt, indem er sich auf verbrecherische Weise den Duft liebenswerter Jungfrauen aneignet, selbst liebenswert zu werden und begreift erst am Ende das Ausmaß seines Irrtums. Somit ist »Das Parfum« auch die Geschichte des Scheiterns einer Suche nach dem eigenen Ich.

Die Handlung in Kürze

Jean-Baptiste Grenouille entwickelt nach schwieriger Kindheit sein Geruchsgenie und wird zum Parfumeur ausgebildet. Nach der Entdeckung der eigenen Geruchlosigkeit kreiert er aus dem Duft junger Mädchen, die er ermordet, den absoluten Duft, durch den er selbst umkommt.

Lehrjahre

Als Madame Gaillard, Grenouilles Pflegemutter, von der Kirche kein Kostgeld mehr für ihren Zögling erhält, verkauft sie ihn an den Gerber Grimal. Dieser verkauft ihn weiter an den Parfumeur Baldini, für dessen wirtschaftlichen Wiederaufstieg Grenouille durch die Entwicklung kühner Parfumkreationen sorgt.

Selbsterforschung

Nach Abschluss seiner Lehre wandert Grenouille durch Frankreich und zieht sich im Zentralmassiv für sieben Jahre in das Innere eines Berges und in sein eigenes Innerstes zurück. Hier schwelgt er in Geruchsfantasien, bis er schockiert entdeckt, dass er selbst keinen eigenen Geruch hat.

Mädchenmorde

In der südfranzösischen Stadt Grasse inspiriert ihn der Geruch der schönen Laure zur Herstellung eines Parfums, das er aus dem Duft von 24 Mädchen herstellt, die er zuvor (samt Laure) ermordet hat. Er wird verhaftet und zum Tode verurteilt. Doch das verführerische Parfum des Mörders löst unter den Schaulustigen auf dem Hinrichtungsplatz eine wilde Orgie aus. Grenouille wird begnadigt. Voller Ekel geht er zurück nach Paris, übergießt sich erneut mit seinem Parfum und lässt sich von *Gesindel* (S. 318) buchstäblich verschlingen.

Die Personen

Jean-Baptiste Grenouille begegnet zwölf zentralen Figuren, denen er zumeist Unglück bringt. Sie entsprechen in der chronologischen Folge den zentralen Entwicklungsstationen der Hauptfigur und spiegeln die lineare, einsträngige Erzählweise des Autors.

Grenouilles Mutter ist die erste Figur, die durch seine Einwirkung stirbt. Der Schrei, der dem Neugeborenen das Leben rettet, ist ihr Todesurteil. Die **Amme Jeanne Bussie** weigert sich, den Säugling länger zu behalten. Er sei vom Teufel besessen, glaubt sie, und gibt ihn an **Pater Terrier** zurück, den Verwalter des klösterlichen Karitativfonds von Saint-Merri. Auch dem Pater ist Jean-Baptiste nicht geheuer. In fast panischer Angst bringt er ihn zu **Madame Gaillard**, bei der der Junge seine ersten acht Lebensjahre fristet. Ihre sorgfältig durchgeführte Rechnung von einem geruhsamen Lebensabend und einem Sterben in Würde geht nicht auf. Als Grenouille bei dem **Gerber Grimal** lebt, der die Widerstandsfähigkeit von Grenouille auf die denkbar härteste Probe stellt, begeht er seinen ersten Mord an einem **Mädchen**. Grimal ertrinkt, nachdem er seinen Lehrling für einen hohen Preis an den Parfumeur **Giuseppe Baldini** verkauft hat. Baldini versinkt mitsamt seinem Haus in der Seine, nachdem Grenouille ihn als Geselle verlassen hat. Der **Marquis de la Taillade-Espinasse**, der mit Grenouille Experimente anstellt, löst sich später buchstäblich in Luft auf. Die geschäftstüchtige Parfumeurswitwe **Madame Arnulfi** kommt mit dem Leben davon, weil sie Abstand zu Grenouille hält. Sie verliert aber ihren Gesellen und späteren Ehemann **Druot**, bei dem Grenouille in die Lehre geht und der an seiner Stelle für Grenouilles Morde an **25 Mädchen** hingerichtet wird. Ähnlich wie Madame Arnulfi überlebt der reiche Bürger **Antoine Richis** seine Begegnung mit Grenouille, kann aber nicht verhindern, dass dieser seine Tochter **Laure** ermordet.

Lebensstationen eines Todesboten

Jean-Baptiste Grenouille
geboren am 17. 7. 1738

Ort	Person	Schicksal
Paris 1738–1756 (1.–18. Lebensjahr)	**Die Mutter**	wird hingerichtet
	Amme Jeanne Bussie	weigert sich, Grenouille zu behalten
	Pater Terrier	will Grenouille loswerden
	Madame Gaillard	stirbt elend
	rothaariges Mädchen aus der Rue des Marais	wird von Grenouille ermordet
	Gerber Grimal	ertrinkt
	Giuseppe Baldini	versinkt mitsamt seinem Haus spurlos in der Seine
Plomb du Cantal 1756–1763 (18.–25. Lebensjahr)	In einer Höhle im Zentralmassiv lebt Grenouille in völliger Einsamkeit	
Montpellier 1763–1764 (25.–26. Lebensjahr)	**Marquis de la Taillade-Espinasse**	löst sich in Luft auf
Grasse 1764–1766 (26.–28. Lebensjahr)	**Madame Arnulfi**	verliert ihren Ehemann Druot
	Laure Richis und 24 weitere Mädchen	werden von Grenouille ermordet
	Antoine Richis	verliert seine Tochter Laure
	Geselle Druot	wird statt Grenouille hingerichtet
Paris 1767 (29. Lebensjahr)	**Jean-Baptiste Grenouille** gestorben am 29. 6. 1767	wird aufgefressen

In der linearen Abfolge der Personen spiegelt sich die einsträngige Erzählstruktur.

Die Handlung

Grenouille macht aufgrund seines Geruchsgenies eine einzigartige „Karriere“: Vom Ausgestoßenen wird er zunächst zum unauffälligen Handwerksgesellen, dann zum Massenmörder und schließlich zum Idol der Menge, bevor er einer Gruppe von duftbetörten Verbrechern zum Opfer fällt.

Erster Teil (S. 5 bis S. 145)

Geburt und frühe Kindheit (S. 5 bis S. 40)

Auf einem Marktplatz, der zugleich das Gelände eines Friedhofs ist, und inmitten von stinkenden Fischen erblickt Jean-Baptiste das Licht oder eigentlich eher das Dunkel der Welt. Seiner Mutter gelingt es nicht, sich des Neugeborenen unauffällig zu entledigen, da der Kleine durch einen unüberhörbaren Schrei auf sich aufmerksam macht und so ihre Festnahme und spätere Hinrichtung bewirkt. Kaum am Leben, erfährt der Knabe schon, dass er nicht auf die Selbstlosigkeit und Zuneigung seiner Mitmenschen wird zählen können.

Grenouille wird in die Obhut des Klostervorstehers Pater Terrier gegeben und von Amme zu Amme gereicht. Keine will ihn behalten, weil er *zu gierig* (S. 9) ist. Auch Jeanne Bussie gibt ihn zurück, da das Kind ihrer Meinung nach vom Teufel besessen ist, weil es nicht riecht. Sie fürchtet um ihr Seelenheil und lässt nicht mit sich handeln.

Pater Terrier, *ein gebildeter Mann* (S. 18), der sich weit entfernt wähnt von den *abergläubischen Vorstellungen des einfachen Volkes* (S. 19), sieht in Grenouille *ein feindseliges Animal* (S. 24). Er wird von Ekel und Furcht gepackt und bringt das Kind zu Madame Gaillard, einer Frau, *welche Kostkinder jeglichen Alters und jeglicher Art aufnahm, solange nur jemand dafür zahlte* (S. 25). Unter der strengen

Obhut dieser empfindungslosen Frau, die ihren Geruchssinn bei einer Misshandlung durch ihren Vater eingebüßt hat, bleibt der Knabe bis zu seinem achten Lebensjahr.

Der erste Aufstieg (S. 40 bis S. 49)

Grenouilles Einfluss auf die Art seiner Behandlung ist zunächst von der Höhe kirchlichen Kostgeldes abhängig. Als die Kirche nicht mehr für seinen Unterhalt aufkommt, tritt eine Veränderung in seinem Leben ein. Er wird nun als Arbeitskraft verkauft und erkennt, dass sein Leben *gerade noch so viel wie die Arbeit, die er verrichten konnte* (S. 41), gilt. Der Gerbermeister Grimal hält ihn wie ein Tier in einem Verschlag, bis der Junge für ihn an Wert gewinnt, weil er den im allgemeinen tödlich verlaufenden Gerbermilzbrand übersteht und somit dagegen immun wird. Grenouille darf nun manchmal ausgehen und tun, was er will. Auf seinen Spaziergängen erkundet er Paris, *das größte Geruchsrevier der Welt* (S. 43).

Mord als Befreiungsschlag (S. 49 bis S. 58)

Am 1. September 1753, dem Jahrestag der Thronbesteigung des Königs, findet in der Hauptstadt Frankreichs ein gewaltiges Feuerwerk statt, das der 15-jährige Gerberlehrling Grenouille zunächst ohne innere Beteiligung verfolgt. Einzig die Hoffnung auf neue Geruchseindrücke veranlasst ihn, sich unter die Zuschauermenge zu mischen, *aber es stellte sich bald heraus, daß das Feuerwerk geruchlich nichts zu bieten hatte* (S. 50).

Als er schon im Begriff ist, die Veranstaltung zu verlassen, erhascht seine Nase ein feines, nie zuvor gerochenes *Duftatom* (S. 50), das ihn in helle Aufregung versetzt. Er fühlt sich unwiderstehlich zur *Quelle des Duftes* (S. 53) hingezogen und glaubt, ihn in seinen Besitz bringen zu müssen, *um der Ruhe seines Herzens willen* (S. 51). Er hat der Sogkraft des unbeschreiblichen Duftes nichts entgegenzusetzen und folgt ihm blindlings, bis er in der Rue des Marais zu seinem Ursprung, einem rothaarigen Mädchen, gelangt. Grenouille entdeckt *die reine Schönheit* (S. 55) und er weiß sich ihrer nicht anders zu bemächtigen als dadurch, dass er das Mädchen erwürgt und sein Opfer „welkriecht" (S. 56).

Grenouille erlebt seinen ersten Mord als Befreiungsschlag aus einer bislang animalischen Existenz:

> *Mit dem heutigen Tag aber schien ihm, als wisse er endlich, wer er wirklich sei: nämlich nichts anderes als ein Genie; und daß sein Leben Sinn und Zweck und Ziel und höhere Bestimmung habe: nämlich keine geringere, als die Welt der Düfte zu revolutionieren; [...].* (S. 57)

Der Parfumeurgeselle (S. 59 bis S. 145)

Er nutzt eine Gelegenheit, um sich Zutritt zur Parfumerie des Meisters Giuseppe Baldini zu verschaffen, und stellt dort zur Verblüffung des Meisters sein Talent, einen Duft zu kopieren, unter Beweis. Der wirtschaftlich fast ruinierte Baldini zahlt Grimal eine stattliche Ablösesumme und nimmt Grenouille, dessen Begabung seine Kassen wieder füllen soll, in seine Dienste auf (vgl. S. 113).

Grenouille verbindet die Techniken des Meisters mit seiner unerschöpflichen Kreativität und verhilft dem Hause Baldini *zu nationalem, ja europäischem Ansehen* (S. 114). Obwohl Grenouille Vorteile aus seiner Allianz mit dem Parfumeur zieht, ist es doch Baldini, der vor allem von seinem genialen Mitarbeiter profitiert. Und nur, weil ihm ein königliches Privileg in Aussicht gestellt worden ist, bemüht er sich darum, das Leben seines Lehrlings zu retten, als dieser von einer rätselhaften Krankheit befallen wird. Grenouille, der unerwartet an die Grenzen seiner künstlerischen Fähigkeiten gestoßen ist, kann erst genesen, nachdem er von Baldini erfahren hat, dass es noch andere Techniken zur Duftgewinnung gibt als nur die Destillation. Will er sein Ziel erreichen und der größte Parfumeur aller Zeiten werden, so muss er diese Techniken erlernen.

Bevor der Meister ihn freigibt, hat er noch drei Jahre bei ihm zu dienen. Erst danach darf er in Richtung Süden ziehen. In der Nacht nach Grenouilles Abschied versinkt Baldini mit Haus und Habe spurlos in der Seine.

Zweiter Teil (S. 147 bis S. 208)

Sieben Jahre Einsamkeit (S. 147 bis S. 176)

Mit einem klaren Ziel vor Augen macht Grenouille sich auf die Reise. Er wendet sich nach Grasse, doch unterwegs stellt er fest: *Am befreiendsten empfand er die Entfernung von den Menschen* (S. 148). Er gelangt im August 1756 auf den höchsten Gipfel des Zentralmassivs, den Plomb du Cantal (vgl. S. 152).

Während draußen der Siebenjährige Krieg, ein *Weltkrieg* (S. 169), tobt, zieht Grenouille sich dort mutterseelenallein in eine stockfinstere und totenstille Höhle und zugleich ganz in sein Innerstes zurück:

> *Er lag im einsamsten Berg Frankreichs fünfzig Meter tief unter der Erde wie in seinem eigenen Grab. Noch nie im Leben hatte er sich so sicher gefühlt – schon gar nicht im Bauch seiner Mutter. Es mochte draußen die Welt verbrennen, hier würde er nichts davon merken. Er begann still zu weinen. Er wußte nicht, wem er danken sollte für so viel Glück.*
> (S. 156)

Er zieht sich nicht nur vor den Menschen zurück, um unbehelligt von ihnen zu sein, sondern er verarbeitet in seiner Fantasie all die Demütigungen, die ihm auf seinem bisherigen Lebensweg zuteil geworden sind. Er ruft sich die Gerüche seiner Kindheit und Jugend ins Gedächtnis:

Und dann brach mit einem Mal – das war der Sinn der Übung – mit orgastischer Gewalt sein angestauter Haß hervor. Wie ein Gewitter zog er her über diese Gerüche, die es gewagt hatten, seine erlauchte Nase zu beleidigen. Wie Hagel auf ein Kornfeld drosch er auf sie ein, wie ein Orkan zerstäubte er das Geluder und ersäufte es in einer riesigen reinigenden Sintflut destillierten Wassers. So gerecht war sein Zorn. So groß war seine Rache. (S. 159)

Der gekränkte, erniedrigte Mensch Grenouille rechnet ab mit seiner (olfaktorischen) Vergangenheit und erschafft sich in einem zweiten Schritt *sein Reich* (S. 161), in dem er selbst unumschränkter Herrscher ist, bis seine Ausschweifungen in einer Katastrophe enden: Grenouille entdeckt, dass er selbst geruchlos ist. Diese Entdeckung ängstigt ihn derart, dass er beschließt, seine Einsiedelei zu verlassen (vgl. S. 176).

Das Objekt aufklärerischer Begierde (S. 176 bis S. 208)

Der Eremit lenkt seine Schritte gen Süden und kommt in die Stadt Pierrefort. Den Leuten dort erzählt er eine Geschichte, die sein verwildertes Aussehen plausibel macht. Man bringt ihn nach Montpellier, wo sich der aufgeklärte Marquis de la Taillade-Espinasse für seinen Fall interessiert.

Der Adelige mit wissenschaftlichen Ambitionen ist zwar mit der Entwicklung einer Euterblume zur pflanzlichen Milchgewinnung gescheitert, aber seine neuesten Arbeiten zum *fluidum letale* (S. 179) hält er für wesentlich Erfolg versprechender. Er vertritt die Auffassung, dass die Erde ein Verwesungsgas ausströme. Menschen, die sich im Alter mit ihrem Kopf zur Erde hin krümmten, seien in besonderem Maße durch das tödliche Fluidum gefährdet. Als der Marquis von Grenouilles langem Aufenthalt in einer Höhle hört und den verwilderten Menschen zu Gesicht bekommt, hält er seine Theorie für bestätigt. Er benutzt den Mann als Demonstrationsobjekt und versucht alle Wissenschaftler und alle Interessierten der Stadt von der Richtigkeit seiner These zu überzeugen – mit Erfolg.

Als Nächstes macht man sich daran, den Probanden für die Fortsetzung der Demonstration herzurichten: Er muss sich einer fünftägigen Revitalisierungskur unterziehen, dann wäscht man ihn, schneidet ihm die Nägel und Haare und kleidet ihn ordentlich. Mit kosmetischen Mitteln will der ehrgeizige Marquis der gelehrten Welt beweisen, dass seine Theorien stimmen. Tatsächlich erweist sich das Publikum als äußerst empfänglich für seinen Bluff. Sofern die Täuschung als eine wissenschaftliche Theorie daherkommt, ist sie den Menschen, die auf der Höhe ihrer Zeit sein wollen, hochwillkommen. Grenouille, der das alles durchschaut, macht mit, so lange es ihm nützt. Nur als er mit einem Veilchenduft parfümiert werden soll, täuscht er einen Ohnmachtsanfall vor.

Im Labor des Parfumeurs Runel kreiert er für sich die Imitation eines Menschendufts. Die Zutaten hierfür sind u. a. Katzendreck, alter Käse, Essig und Fischreste. Kaschiert werden diese Zutaten mit ölig-frischen Düften. In den Straßen von Montpellier überprüft Grenouille die Wirkung seines Gemischs. Er stellt fest, wie leicht die Menschen zu täuschen sind, und beschließt, diese leichtgläubigen Mitgeschöpfe künftig zu beherrschen und seine Allmachtsfantasien Wirklichkeit werden zu lassen. Ein erster Versuch der Massenhypnose gelingt ihm während des zweiten Vortrags des Marquis de la Taillade-Espinasse. Einige Wochen später verlässt er Montpellier heimlich.

Der Marquis, ein mittlerweile hoch angesehener Wissenschaftler, unternimmt eine *Expedition* (S. 206) in die Pyrenäen zum Pic du Canigou, um sich auf dessen Gipfel einer Verjüngungskur zu unterziehen. Dabei, so geht bald die Sage, löst er sich buchstäblich in Luft auf (vgl. S. 207). Sein

Tod schadet dem Ansehen seiner Lehre allerdings nicht. Vielmehr trägt das spurlose Verschwinden des Aufklärers zur Legendenbildung bei, sein letzter Aufenthaltsort wird zum Wallfahrtsort für seine Jünger.

Dritter Teil (S. 209 bis S. 314)

Geradewegs zur Perfektion (S. 209 bis S. 240)

Nach seinem sieben Jahre währenden Rückzug aus der Welt der Menschen und seiner erfolgreichen Rückkehr steht für Grenouille fest: in Grasse, der *Produktions- und Handelsmetropole für Duftstoffe, Parfumeriewaren, Seifen und Öle* (S. 211) des 18. Jahrhunderts, will er zu wahrer Meisterschaft gelangen, und zwar so rasch wie möglich. Für seine Reise in die südfranzösische Stadt braucht er weniger als sieben Tage. Gewissermaßen im Vorbeigehen und im Nachhinein findet er die mächtige Antriebskraft für seine Hast: Ein Duft, der ihn an sein erstes Mordopfer erinnert, weht zu ihm hin und lässt ihm *Tränen der Glückseligkeit* (S. 215) in die Augen treten. Auch diesmal geht er von einem jungen Mädchen aus. In zwei Jahren, so weiß der Kenner, wird der Duft zur Vollkommenheit gereift sein. Bis dahin muss Grenouille gelernt haben, welche Techniken der Duftgewinnung erforderlich sind, um in den Besitz des kostbaren Parfums zu gelangen.

Der Wanderer kommt bei der geschäftstüchtigen Parfumeurswitwe Arnulfi unter, wenngleich nur in einer Gartenhütte unweit des Hauses. Von Druot, ihrem Gesellen und Geliebten, lernt er in kurzer Zeit, wie man sich des Duftes zartester Blüten bemächtigt, und nutzt die neu erworbenen Kenntnisse für weiter gehende Experimente. Heimlich kreiert er z. B. ein Türknauf- und ein Steinparfum in seinem privaten Labor. Bald aber geht er *zu lebenden Objekten über* (S. 235). Die Widerstände, die diese Versuchsobjekte dem Jäger entgegensetzen, stören seine Arbeit. *Er mußte sie töten* (S. 236).

Noch verzichtet er darauf, *sich irgendeines lebenden Menschen im ganzen zu bemächtigen und ihn parfümistisch zu verarbeiten* (S. 239). Er weiß, dass er die dafür notwendigen Techniken beherrscht. Auch geht es ihm nicht um die Imitation von Menschengeruch im Allgemeinen, da diese Imitation auch mit Ersatzstoffen gelingt.

> *Was er begehrte, war der Duft gewisser Menschen: jener äußerst seltenen Menschen nämlich, die Liebe inspirieren. Diese waren seine Opfer.* (S. 240)

Das Duftdiadem (S. 240 bis S. 282)

Grenouilles Plan, sich selbst mithilfe eines Mädchenduftes unwiderstehlich zu machen, wird von der Erkenntnis durchkreuzt, dass das einmal gewonnene Parfum irgendwann zur Neige geht. Dennoch will er lieber das Gewonnene verlieren, als von vornherein darauf verzichten. Für das parfümistische Problem, Flüchtiges zu bannen, findet er eine Lösung:

> *Natürlich durfte dieser einzigartige Duft nicht roh verwendet werden. Er mußte ihn fassen wie den kostbarsten Edelstein. Ein Duftdiadem mußte er schmieden, an dessen erhabenster Stelle, zugleich eingebunden in andere Düfte und sie beherrschend, sein Duft strahlte.* (S. 246)

Zur Gestaltung der Herznote dieses besonderen Duftes braucht Grenouille Mädchenduft. Dafür wird er zum Mörder an *vierundzwanzig der schönsten Jungfrauen aus allen Schichten des Volkes* (S. 252).

In Grasse und in der Umgebung der Stadt geht die Angst um, bis nach dem vierundzwanzigsten Mord die Serie der Verbrechen endet. Die Menschen führen dies auf einen bischöflichen Bannspruch zurück. Nur Antoine Richis, ein angesehener, reicher Witwer, traut dem Frieden nicht. Er fürchtet um das Leben seiner Tochter Laure, denn er ahnt, dass der Mädchenmörder von Grasse ein sorgfältig sammelnder Geist sein muss, dem in seiner Sammlung noch die edelste Komponente fehlt:

> *Gesetzt nun den Fall […], der Mörder war solch ein Sammler von Schönheit und arbeitete am Bildnis der Vollkommenheit, und sei es auch nur in der Phantasie seines kranken Hirns; gesetzt ferner, er war ein Mann von höchstem Geschmack und perfekter Methode, wie er es in der Tat zu sein schien, dann konnte man nicht annehmen, daß er auf den kostbarsten Baustein zu jenem Bildnis verzichtete, den es auf Erden zu finden gab: auf die Schönheit von Laure. Sein ganzes bisheriges Mordwerk wäre nichts wert ohne sie. Sie war der Schlußstein seines Gebäudes.* (S. 259)

Antoine Richis glaubt zwar, dass es der Mörder auf sichtbare Schönheit abgesehen hat, aber er kommt dem Mordmotiv sehr nahe und trifft zu Recht Vorkehrungen, um Laure auch weiterhin zu schützen. Er beabsichtigt, sie vorübergehend in einem Kloster unterzubringen und binnen weniger Tage zu verheiraten, denn der Verbrecher, so vermutet er, interessiert sich nur für Jungfrauen. Grenouille jedoch lässt sich von Richis nicht in die Irre führen. Er folgt seinem Geruchssinn, findet Laure, tötet sie und nimmt von ihrem Körper den Duft ab (vgl. S. 275).

Die Bestrafung (S. 282 bis S. 314)

Grenouille wird verhaftet, gefoltert und zum langsamen Tod verurteilt (vgl. S. 287–291). Als die Menschen in Grasse und Umgebung erfahren, dass der Mörder gefasst ist, wollen sie ihn ohne Prozess umbringen. Dem Tag der Hinrichtung schließlich fiebern sie entgegen als einem Tag *der Befreiung* (S. 294). Sie bereiten sich darauf vor wie auf ein Fest.

Und dann geschah ein Wunder (S. 299). Die Menschen, die Grenouilles ansichtig werden, als er auf dem Hinrichtungsplatz aus der Kutsche steigt, glauben plötzlich nicht mehr daran, dass er der Mörder ist. Und mehr als das: Sie glauben es wider besseres Wissen nicht, sie fühlen sich angezogen von dem *kleinen Mördermann* (S. 300), der die Menge zu hypnotisieren scheint.

Die Schaulustigen werden zu Akteuren in einem ganz anderen Stück. Sie fallen liebestrunken übereinander her. Die geplante Hinrichtung wird *zum größten Bacchanal [...], das die Welt seit dem zweiten vorchristlichen Jahrhundert gesehen hatte* (S. 303).

Jean-Baptiste Grenouille hat erreicht, wonach er strebte: Der einst Ausgestoßene, Ungeliebte, wird von der Menge mit einem Mal vergöttert. Er erlebt einen Triumph, der ihm zugleich aber wieder vergällt wird durch den in ihm aufsteigenden *Ekel vor den Menschen* (S. 305).

> *Er wollte ein Mal, nur ein einziges Mal, in seiner wahren Existenz zur Kenntnis genommen werden und von einem anderen Menschen eine Antwort erhalten auf sein einziges wahres Gefühl, den Haß.* (S. 306)

Doch selbst Antoine Richis erfüllt ihm diesen Wunsch nicht. Auch er erliegt dem Parfum, dessen Herznote ja aus dem Duft Laures besteht, und will den Mann, der seine Tochter umgebracht hat, sogar an Sohnes statt annehmen (vgl. S. 310).

Grenouille verlässt Grasse. Da die Bürger der Stadt nach ihrem schändlichen Treiben am Hinrichtungstag ein schlechtes Gewissen haben, suchen sie nach einem Sündenbock, den sie bestrafen und durch dessen Bestrafung sie sich auch der eigenen Schuld bequem entledigen können. Dominique Druot, inzwischen Ehemann der Madame Arnulfi, wird ohne Aufhebens und ohne Öffentlichkeit verhaftet, gefoltert, verurteilt und hingerichtet (vgl. S. 313f.).

Vierter Teil (S. 315 bis S. 320)

Das Ende

Jean-Baptiste Grenouille, der als Mörder Verurteilte und von einer hysterischen Menge einmütig Begnadigte, wandert nachts in Richtung Norden: *Er wollte nach Paris gehen und sterben* (S. 315).

Die Macht, die das von ihm kreierte Mädchenparfum seinem Besitzer verleiht, erscheint ihm plötzlich nicht mehr erstrebenswert, denn der fremde Duft bringt ihn nicht näher zu sich selbst.

Am 28. Juni 1767 erreicht er Paris, wo er knapp 29 Jahre zuvor auf die Welt gekommen ist. Er geht zum Ort seiner Geburt, dem „Friedhof der Unschuldigen", und verkriecht sich, bis sich des Nachts der Ort belebt *mit allem möglichen Gesindel, Dieben, Mördern, Messerstechern, Huren, Deserteuren, jugendlichen Desperados* (S. 318). Mit Hilfe dieser Menschen kann Grenouille sein Ziel, an seinem Geburtsort zu sterben, auf seltsame Weise verwirklichen. Er holt das Fläschchen mit dem einzigartigen Duft aus seiner Tasche und übergießt sich mit dem Parfum. Die Friedhofsbesucher geraten außer sich, als sie den kleinen Mann bzw. seinen Duft wahrnehmen, fallen über ihn her *wie die Hyänen* (S. 319) und fressen ihr Opfer auf.

> *Sie waren außerordentlich stolz. Sie hatten zum ersten Mal etwas aus Liebe getan.* (S. 320)

So weit zur inhaltlichen Seite von Patrick Süskinds Roman »Das Parfum«. In dem nun folgenden Kapitel möchten wir Ihnen in knapper und übersichtlicher Form – oft auf einer Doppelseite – Hintergrundwissen anbieten.

- ✔ Wer ist dieser Erfolgsautor Patrick Süskind? Siehe „Der Autor".
- ✔ Was hat er außer diesem Roman sonst noch geschrieben? Siehe „Das Gesamtwerk"
- ✔ Wie kann ich mich schnell über den Aufbau des Romans informieren? Siehe „Der Aufbau des Textes" (Schaubild)
- ✔ Welche sprachlichen Mittel setzt Süskind in diesem Roman ein? Siehe „Die sprachliche Form"
- ✔ Welche formalen Mittel setzt Süskind in diesem Roman ein? Siehe „Die literarische Form"
- ✔ In welcher Zeit ist der Roman entstanden? Siehe „Die Entstehungszeit"
- ✔ Ist dieser Roman zur postmodernen Literatur zu zählen? Siehe „Der Text in seiner Zeit"
- ✔ Welche Zusatztexte könnte ich im Zusammenhang mit diesem Roman lesen? Siehe „Lese- und Filmtipps"
- ✔ Was heißt eigentlich *Grenouille* auf deutsch? Siehe „Wort- und Sacherklärungen"

Im darauf folgenden Kapitel „Interpretation" finden Sie die Analyse zentraler Aspekte des Romans, die Ihnen helfen soll, sich selbst ein begründetes persönliches Verständnis zu erarbeiten.

Das abschließende Kapitel „Aufgaben mit Lösungstipps" bietet Ihnen zu wichtigen Fragestellungen Detailanalysen mit Thesen, Argumentationshilfen und Zitaten an, die für die Vorbereitung von Unterrichtsgesprächen, Referaten und Klausuren nützlich sind.

Patrick Süskind
*** 1949 in Ambach am Starnberger See**

Süskinds Vater

Patrick Süskind ist literarisch vorbelastet. Sein Vater, Wilhelm Emanuel Süskind, war mit der Familie Thomas Manns bekannt. Er schrieb literarische Texte und arbeitete als Redakteur bei verschiedenen Zeitungen, zuletzt bei der »Süddeutschen Zeitung«. Mit der Sprache zur Zeit des Nationalsozialismus beschäftigte er sich in dem gemeinsam mit Dolf Sternberger und Gerhard Storz herausgegebenen »Wörterbuch des Unmenschen«. Das bildungsbürgerliche Klima im Elternhaus ist zumindest im sprachlich-stilistischen Bereich gewiss nicht ohne prägenden Einfluss auf Patrick Süskind geblieben.

Lehr- und Wanderjahre

Nach Abitur und Zivildienst studiert Patrick Süskind von 1968–1974 in München wie sein Vater Geschichte. Ein Auslandsstudienjahr verbringt er in Aix-en-Provence, wo er sich u. a. auch mit der französischen Sprache und Kultur vertraut macht. Er schließt sein Studium mit dem Magisterexamen ab. Danach lebt er von Gelegenheitsjobs und schreibt Drehbücher und kleine Prosastücke, die aber zunächst nicht veröffentlicht werden.

Der Erfolgsautor

Mit der Uraufführung seines einaktigen Monologs »Der Kontrabaß« im Münchner Cuvilliéstheater gelingt ihm 1981 schlagartig der Durchbruch. Sein Roman »Das Parfum« macht ihn 1985 endgültig zu einem der weltweit bekanntesten und erfolgreichsten Schriftsteller der deutschsprachigen Gegenwartsliteratur. Dieser Roman ist nicht nur ein Bestseller, sondern auch ein Longseller: Neun Jahre lang hielt er sich auf der Spiegel-Bestsellerliste. Sein Verlag startete die erste Auflage mit über 100 000 Exemplaren, die bereits nach wenigen Monaten vergriffen waren. Inzwischen ist der Roman in 33 Sprachen übersetzt und über acht Millionen Mal verkauft worden.

Der Öffentlichkeitsscheue

Trotz seiner literarischen Berühmtheit ist über den Menschen Patrick Süskind nur wenig bekannt. Er meidet öffentliche Auftritte und entzieht sich dem Medienrummel des Literaturbetriebs. Auch die Verleihung von Literaturpreisen (Gutenberg-, Tukan- und FAZ-Literaturpreis) lehnte er ab. Wenn Süskind in »Die Geschichte von Herrn Sommer« seinen Titelhelden ausrufen lässt: *Ja so laßt mich doch endlich in Frieden!* (S. 39), dann ist dies dem Autor sicherlich aus dem Herzen gesprochen. Es ist nicht seine Art, sich öffentlich über kulturelle oder politische Themen zu äußern. Er zieht es vor, sich – meist ironisch distanziert – in literarischer Form zu bestimmten Fragen zu Wort zu melden.

Süskind ist befreundet mit dem Cartoonisten Sempé, der »Die Geschichte von Herrn Sommer« illustriert hat und dessen Buch »Verwandte Seelen« er 1993 übersetzt hat, und mit dem Regisseur Helmut Dietl, mit dem zusammen er die Drehbücher für zwei erfolgreiche Fernsehserien und einen Kinofilm (s. S. 37) geschrieben hat. Er lebt zurückgezogen als freier Schriftsteller in München, Paris und Montolieu/Südfrankreich.

Patrick Süskind ist als Dramatiker, Prosaschriftsteller, Hörspiel- und Drehbuchautor gleichermaßen erfolgreich. Seine (Anti-)Helden haben allesamt Schwierigkeiten, sich in der Welt und besonders im Umgang mit ihren Mitmenschen zurechtzufinden. Sie sind Sonderlinge, die sich vor der als bedrohlich empfundenen Umwelt am liebsten in enge Räume zurückziehen.

1981 **Der Kontrabaß**

Dieses Monodram gehört zu den meistgespielten deutschsprachigen Theaterstücken und machte Süskind schlagartig berühmt. Ein in einem schallisolierten Zimmer lebender Kontrabassist entwickelt (Wahn-)Fantasien, um sich für die Demütigungen, die er im Leben erfahren hat, zu rächen. Die untergeordnete Rolle, die der Kontrabass im Orchester spielt, ist ein Spiegelbild für die soziale Stellung des Helden.

1985 **Das Parfum – Die Geschichte eines Mörders**

1990 **Die Taube**

Jonathan Noël hat als Kind seine Eltern verloren, die von den Nazis deportiert wurden. Nach dem Krieg hat er sich in einem kleinen Mansardenzimmer in Paris eine bescheidene Existenz als Wachmann aufgebaut. Eines Morgens sitzt eine Taube, der Inbegriff der Friedfertigkeit, vor seiner Tür und bringt sein wohlgeplantes und peinlich genau geordnetes Leben völlig aus dem Gleis. Er verbringt eine qualvolle Nacht in einem winzig kleinen Hotelzimmer, das dem Grundriss eines Sarges entspricht, und beschließt, sich am folgenden Tag umzubringen. Als er am nächsten Morgen in seine Wohnung zurückkehrt, ist die Taube verschwunden – aber sein Leben hat sich verändert.

1991 **Die Geschichte von Herrn Sommer**
Mit Bildern von Sempé

Diese Novelle erzählt retrospektiv, teilweise auch recht ausschweifend, einige zentrale Kindheitserlebnisse eines kleinen Jungen, die in Zusammenhang mit dem skurrilen Herrn Sommer stehen, der Tag für Tag rastlos durch die nähere Umgebung wandert. Während einer Klavierstunde bringt ein Nasenpopel der Lehrerin auf der Tastatur den Ich-Erzähler derart aus der Fassung, dass er beschließt, sich von einem hohen Baum zu stürzen. Nur das Auftauchen Herrn Sommers, dessen Freitod er später beobachtet, bringt ihn von diesem Vorhaben ab. Inwieweit Süskind hier autobiografische Erinnerungen an seine Kindheit am Starnberger See verarbeitet hat, lässt sich aufgrund der ironisch-distanzierten Erzählweise nicht mit Bestimmtheit sagen.

1995 **Drei Geschichten und eine Betrachtung**

In der ersten Geschichte mit dem Titel »Der Zwang zur Tiefe«, die zuerst 1986, also ein Jahr nach dem Roman »Das Parfum«, erschienen ist, setzt sich Süskind in literarischer Form mit dem an eine Künstlerin gerichteten Vorwurf mangelnder Qualität („Tiefe“) auseinander.

Die Betrachtung »Amnesie in litteris«, der vollständige literarische Gedächtnisschwund, ebenfalls zuerst 1986 erschienen, ist eine ironisch-literarische Abhandlung über das Lesen.

1997 **Rossini oder die mörderische Frage,**
wer mit wem schlief

Neben dem gemeinsam mit Helmut Dietl verfassten Drehbuch findet man hier u. a. Süskinds interessanten Essay »Film ist Krieg, mein Freund!«.

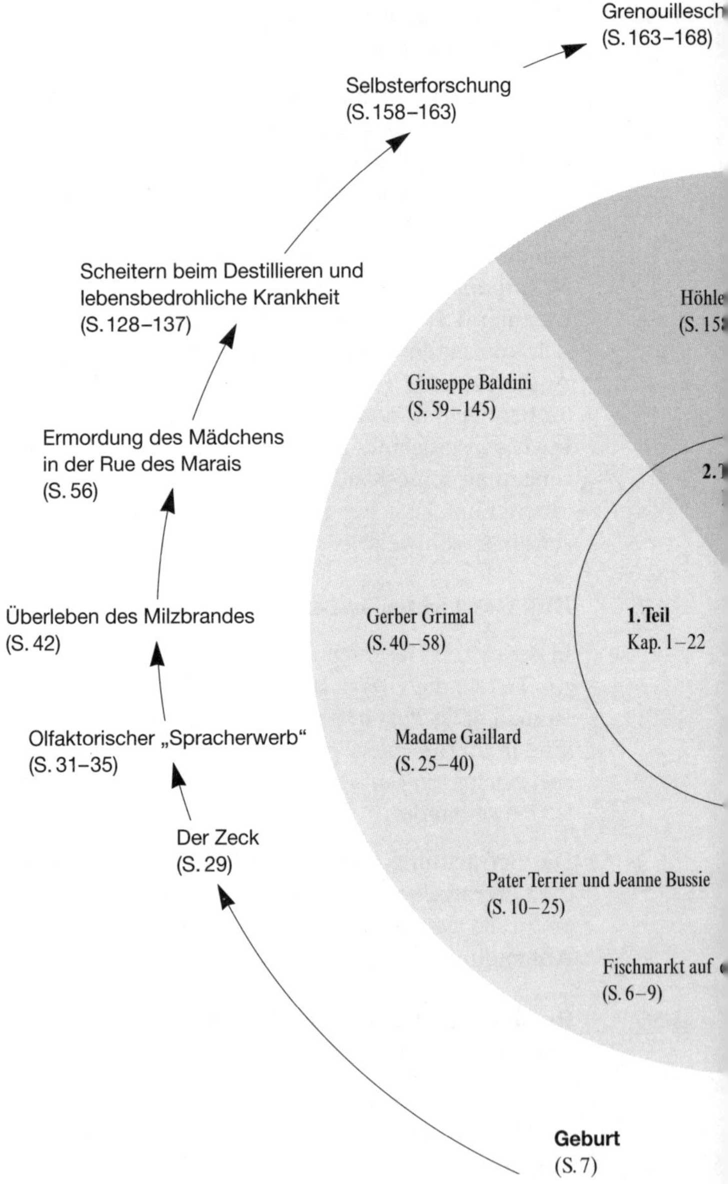
Grenouillesch
(S. 163–168)
Selbsterforschung
(S. 158–163)
Scheitern beim Destillieren und
lebensbedrohliche Krankheit
(S. 128–137)
Ermordung des Mädchens
in der Rue des Marais
(S. 56)
Überleben des Milzbrandes
(S. 42)
Olfaktorischer „Spracherwerb"
(S. 31–35)
Der Zeck
(S. 29)
Geburt
(S. 7)
Höhle
(S. 15
Giuseppe Baldini
(S. 59–145)
2.
Gerber Grimal
(S. 40–58)
1. Teil
Kap. 1–22
Madame Gaillard
(S. 25–40)
Pater Terrier und Jeanne Bussie
(S. 10–25)
Fischmarkt auf
(S. 6–9)

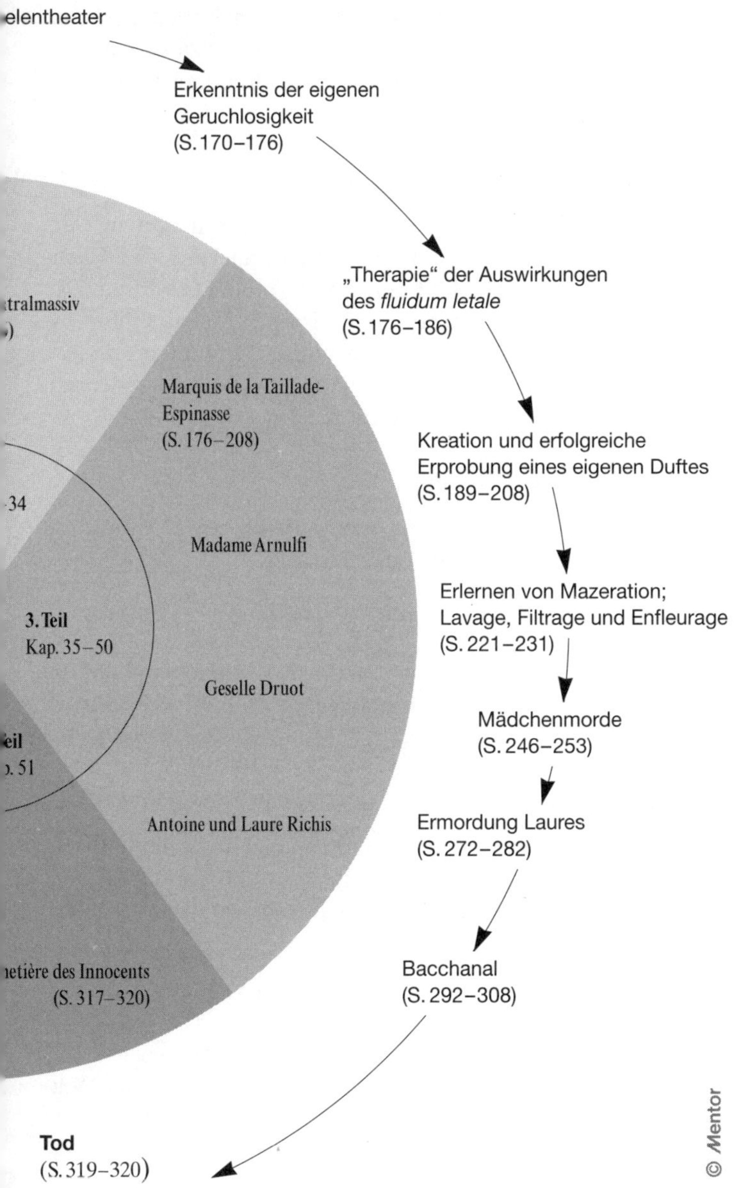
elentheater
Erkenntnis der eigenen
Geruchlosigkeit
(S. 170–176)
„Therapie“ der Auswirkungen
des *fluidum letale*
(S. 176–186)
Kreation und erfolgreiche
Erprobung eines eigenen Duftes
(S. 189–208)
Erlernen von Mazeration;
Lavage, Filtrage und Enfleurage
(S. 221–231)
Mädchenmorde
(S. 246–253)
Ermordung Laures
(S. 272–282)
Bacchanal
(S. 292–308)
Tod
(S. 319–320)
tralmassiv
)
Marquis de la Taillade-
Espinasse
(S. 176–208)
34
Madame Arnulfi
3. Teil
Kap. 35–50
Geselle Druot
eil
. 51
Antoine und Laure Richis
netière des Innocents
(S. 317–320)

Süskind ist sicherlich auch wegen seiner kunstvollen Sprache zum Bestsellerautor geworden. Seine Stilmittel sind zwar eher traditionell zu nennen, sie sind aber durchaus wirkungsvoll eingesetzt:

••• Wiederholung

Die beharrliche Wiederholung eines Wortes in einem Satz oder in einem Sinnabschnitt soll eine Steigerung des Nachdrucks, der Eindringlichkeit der Schilderungen bewirken. Der übertriebene Einsatz dieses Stilmittels führt hier zu einer Distanzierung des Erzählers und einer eher klinischen Darstellung des Gestanks. Süskind reiht die Satzteile hier asyndetisch, d. h. ohne verbindende Konjunktion.

••• polysyndetische Reihung

ungewöhnlich häufige Wiederholung derselben Konjunktion zur Verbindung einer Wort- oder Satzreihe

••• Antithese

stilistische Gegenüberstellung von logisch entgegengesetzten Wörtern zu einem übergeordneten Begriff, hier dem Geruch des Parfums „Amor und Psyche"

••• Aufzählung

Süskind liebt umfangreiche Aufzählungen. Hier dient ihm z. B. die Aufzählung von Waren als bildliche Beschreibung des Geruchs der Hallen (Großmarkt im Zentrum von Paris, 1979 aufgelöst und verlegt)

••• Hypotaxe und kurzer Hauptsatz

Kennzeichnend für Süskinds Satzbau ist die kunstvolle Verschachtelung von Haupt- und Nebensätzen (Hypotaxe). Wenn hieran ein kurzer Hauptsatz anschließt, so wirkt er häufig wie ein Paukenschlag.

Süskind lässt seinen Erzähler sprachskeptisch auftreten; der Erzähler klagt, denn unsere Sprache *taugt nicht zur Beschreibung der riechbaren Welt* (S. 160). Auch der Knabe Grenouille zweifelt *am Sinn der Sprache überhaupt* (S. 34).

••••• *Aus den Kaminen stank der Schwefel, aus den Gerbereien stanken die ätzenden Laugen, aus den Schlachthöfen stank das geronnene Blut. [...] Es stanken die Flüsse, es stanken die Plätze, es stanken die Kirchen, es stank unter den Brücken und in den Palästen. Der Bauer stank wie der Priester, der Handwerksgeselle wie die Meistersfrau, es stank der gesamte Adel, ja sogar der König stank, wie ein Raubtier stank er [...].* (S. 6)

••••• *bleibt hocken und lebt und wartet* (S. 29)
läßt sich fallen und krallt und bohrt und beißt sich in das fremde Fleisch (S. 29)
zerknautscht und zerdrückt und blau (S. 30)

••••• *Das Parfum war ekelhaft gut. [...] Es war keine Spur ordinär. Absolut klassisch, rund und harmonisch war es. Und trotzdem faszinierend neu. Es war frisch, aber nicht reißerisch. Es war blumig, ohne schmalzig zu sein.* (S. 79)

••••• *[...] als stünden da noch die vollgepackten Körbe mit Gemüse und Eiern, die Fässer voll Wein und Essig, die Säcke mit Gewürzen und Kartoffeln und Mehl, die Kästen mit Nägeln und Schrauben, die Fleischtische, die Tische voll von Stoffen und Geschirr und Schuhsohlen und all den hundert andern Dingen, die dort tagsüber verkauft wurden...* (S. 45)

••••• *Er war von Beginn an ein Scheusal.* (S. 28)
So ein Zeck war das Kind Grenouille. (S. 29)
Er mußte sie töten. (S. 236)

Während der Text sich in Bezug auf die drei Gattungen Lyrik, Drama und erzählende Literatur unschwer der letzteren zuordnen lässt, ist die Bestimmung der Textsorte weniger eindeutig. Nach einem bekannten Ausspruch von Marcel Reich-Ranicki ist jeder erzählende Text über 200 Seiten ein Roman. Das Besondere an »Das Parfum« aber, und sicherlich auch ein Grund für den Verkaufserfolg, ist die kunstvolle Verbindung verschiedener Romanformen.

Der Text erinnert an einen **Bildungsroman**, bei dem weniger die Schilderung der Charakterentwicklung des Helden (vgl. Erziehungs- und Entwicklungsroman), als vielmehr die Darstellung der Einflüsse der Umwelt und der Mitmenschen auf seine geistige und seelische Entwicklung im Vordergrund steht. Da aber der Held des Romans zum Mörder wird und seine geistige und seelische Reifung ganz und gar nicht zu einer harmonischen Ausbildung seines Charakters führt, sollte man hier eher von einem **„Verbildungsroman“** sprechen.

Süskind erzählt die Lebensgeschichte einer Hauptfigur; insofern haben wir es mit einem **biografischen Roman** zu tun. Zugleich werden aber auch kulturgeschichtliche Hintergründe geschildert, was für den **historischen Roman** kennzeichnend ist. »Die Geschichte eines Mörders«, wie der Untertitel heißt, weist zahlreiche Elemente eines **Kriminalromans** auf. Die Beschreibung der Gegenden, durch die Grenouille in Frankreich wandert, sind typisch für den **Reiseroman**. Zahlreiche an Wunder grenzende Erscheinungen, wie z. B. die Geruchlosigkeit und das Geruchsgenie Grenouilles oder sein Aufenthalt in der Höhle, deuten auf den **fantastischen Roman** hin. Grenouille (frz.: Frosch) erinnert an die **Märchen** »Der Froschkönig« oder auch »Der Zwerg Nase«. Wolfram Schütte spricht in seiner Rezension in der Frankfurter Rundschau von **Parabel** und **Gedankenspiel**.

In all diesen Erzähltraditionen finden sich eine Fülle von literarischen Vorbildern und Motiven, auf die sich Süskind implizit bezieht.

Die Erzählweise Süskinds ist eher traditionell:

- ✔ Die Geschichte dreht sich um einen zentralen Helden.
- ✔ Die handelnden Figuren werden nacheinander eingeführt und kaum zueinander, wohl aber zu Grenouille in Beziehung gesetzt (vgl. Schaubild S. 7).
- ✔ Der Zeitablauf ist chronologisch. Es gibt keine Rückblenden und nur selten eine Vorausschau (vgl. z. B. S. 38–40).
- ✔ Auch der Handlungsaufbau ist einsträngig. Es gibt keine ineinander verschachtelten Handlungsebenen.
- ✔ Der Erzähler ist allwissend. Diese auktoriale Erzählperspektive wird nur ganz selten gewechselt.
- ✔ Moderne Erzählweisen, wie z. B. der innere Monolog oder die erlebte Rede, werden nur ganz selten verwendet.
- ✔ Der Stil ist eingängig, anspruchsvoll und trotzdem leicht verständlich. Die Syntax ist nicht modern verkürzt, sondern ausgefeilt. Bei der Wortwahl entscheidet sich der Autor meistens für ein hochsprachliches anstatt für ein umgangssprachliches Stilregister.

Es gibt aber auch (post-)moderne Elemente in Süskinds Erzählweise:

- ✔ Verschiedene Erzähltraditionen (s. o.) werden virtuos miteinander kombiniert.
- ✔ Süskind variiert verschiedene Stilelemente, die z. B. für das Märchen, den historischen Bericht, die Bibel, das Drama (vgl. S. 63f.) usw. charakteristisch sind.
- ✔ »Das Parfum« mischt verschiedene Erscheinungsformen der Belletristik. Der Text lässt sich einerseits wie ein Trivialroman lesen, bietet dem Belesenen aber zugleich eine Fülle von Anspielungen auf die literarische und kulturelle Tradition, so dass er durchaus auch zur ernsten Literatur zu zählen ist.[1]

1 Vgl. hierzu die interessanten Hinweise von Ryan und die empfohlenen literarischen Texte (s. S. 36f.)

Abschied von der Moderne

Die Achtzigerjahre sind gekennzeichnet durch einen weitreichenden und immer schnelleren Wandel in allen Bereichen menschlicher Kultur. Die großen kommunistischen Systeme im Osten brechen zusammen, 1989 fällt die Mauer. Im Westen wird das Scheitern der Theorien und Utopien der 68er-Bewegung eingestanden. Die Techno-Bewegung mit all ihren Facetten entwickelt sich zu einer neuen Jugendkultur.

Wirtschaftswachstum und Industrialisierung führen zu immer schwerer lösbaren Problemen, besonders im Bereich der Umwelt. Strukturveränderungen in der Wirtschaft produzieren ein Heer von Arbeitslosen. Der gewaltige informationstechnologische Fortschritt bringt nicht mehr Orientierung, sondern eine neue Unübersichtlichkeit.

Allseits wird der Verfall von Tugenden und Werten beklagt, es fehlen kulturelle und religiöse Leitfiguren und Leitbilder. Stattdessen haben esoterische Lebenshilfen Hochkonjunktur. Die pluralistische Gesellschaft mit ihrem bunten Nebeneinander von Meinungen und Einstellungen fördert statt Toleranz eine Ellenbogenmentalität.

Es entsteht ein neues, diffuses Lebensgefühl, das gekennzeichnet ist durch den Verlust alter Bildungsideale und ein Unbehagen gegenüber dem technisch Machbaren. Mit der **Parole „anything goes“** wird eine Beliebigkeit ausgerufen, die alles Verbindliche zum Spiel werden lässt.

Der postmoderne Schriftsteller

Aus diesem Zeitgeist heraus, der mit dem umstrittenen Begriff „Postmoderne“ etikettiert werden kann, tritt eine neue Generation von Schriftstellern auf den Buchmarkt, die mit den ästhetischen Normen der klassischen Moderne brechen. Als typischer Ausdruck ihres Selbstverständnisses sei Bodo Kirchhoff zitiert:

> *Der Intellektuelle und die aus allen Fugen geratene Welt des zwanzigsten Jahrhunderts – dazu gibt es längst unübertreffliche Gedanken und Bilder, das Wichtigste ist gesagt. Dem Epigonen, der sich jetzt noch äußern soll, bleibt nur, wichtig zu tun und dies zu erkennen. [...] Mein Tschernobyl ist die Medienmaschine, die längst das sogenannte Ernste geschluckt hat – mir droht der Unterhaltungs-GAU. Das Schicksal meiner Eltern hieß Krieg, mein „Schicksal" heißt Banalität.*[1]

Diesen postmodernen Schriftstellern, zu denen wir auch Patrick Süskind zählen, geht es nicht mehr um eine erkenntnisorientierte Weltinterpretation oder die Problematisierung des herkömmlichen Geschichtenerzählens. Ihre Romane, wie z. B. Umberto Ecos »Der Name der Rose« (1980), Christoph Ransmayrs »Die letzte Welt« (1988) oder Bodo Kirchhoffs »Infanta« (1990), lassen sich auf der Textoberfläche fast durchgängig als Unterhaltungsliteratur, bisweilen an der Grenze zum Trivialen, lesen. Ihr Stoff ist reizvoll, die Handlung spannend konstruiert und die sprachliche Darbietung voller Effekte. Sie bieten für jeden etwas: historische Belehrung, fantastische Geschichte, Sex and Crime im **virtuosen Bestsellermix**: Sie sind Autoren einer **Massenkultur**.

Postmodernes Erzählen

Trotzdem handelt es sich hierbei nicht um Trivialliteratur im eigentlichen Sinne. Von gehobener amerikanischer Trivialliteratur etwa, wie z. B. »Die Nebel von Avalon« (1982) von Marion Zimmer Bradley oder »Der Medicus« (1986) von Noah Gordon, unterscheiden sich die postmodernen Schriftsteller u. a. durch die weniger holzschnittartige Charakterisierung der Figuren, die größere Komplexität der Handlung und vor allem durch das höhere sprachlich-stilistische Niveau. Intelligent, be-

1 Kirchhoff, Bodo: Ich bin ein Möchtegernschriftsteller. In: Martin Lüdke und Delf Schmidt (Hg.): Rowohlt Literaturmagazin 19, Reinbek bei Hamburg 1987, S. 62f.

lesen und geistreich streuen sie literarische, historische und geistesgeschichtliche Anspielungen in ihre Texte, um auch dem Belesenen etwas zu bieten. Diese Anspielungen bezeichnet man mit dem Begriff **Intertextualität**, wenn sie auf andere, zum kulturellen (Bildungs-)Wissen gehörende Texte beziehbar sind.

Ein wichtiges Element dieser Literatur ist das Erzeugen von Spannung beim Leser; das gelingt häufig durch Anleihen beim Kriminalroman. Postmoderne Schriftsteller spielen mit literarischen Formen und Genres, wobei der **Unterhaltung als literarischem Wert** eine besondere Rolle zukommt. Wie postmoderne Architekten treiben sie geschickt ein Spiel mit den bekannten literarischen Mustern. Bewusst – und mit Erfolg – schreiben sie an der Grenze zwischen ernster und unterhaltender Literatur.

Die Handlung wird gern in **vergangene Zeiten** verlegt. Aber der Leser wird durch diese historische Perspektive nicht direkt zu einer bewussten Auseinandersetzung mit der eigenen Geschichte veranlasst.

Die Handlung spielt häufig **an entlegenen, manchmal recht exotischen Orten**. Der Leser kann sich gemütlich zurücklehnen; mit seiner eigenen Welt haben diese Orte – zunächst einmal – nichts zu tun.

Der Held macht – ganz traditionell – eine Entwicklung durch. Anders aber als bei der Nabelschau und psychologisierenden Selbstverständigung, die die Lektüre vieler deutschsprachiger Texte der siebziger Jahre so mühsam machte, kann der Leser diese Entwicklung aus einer **angenehmen Distanz** verfolgen. Er muss sich nicht unbedingt mit dem Helden identifizieren.

Der **postmoderne Erzähler** ist in den Texten **kaum mehr greifbar**. Er hat keinen ausgeprägten Charakter mit Stärken und Schwächen und Eigenheiten. Er ist zumeist ironisch-distanziert, liebt das Parodistische, das Übertreibende und ist weltanschaulich nicht festgelegt. Interpretierende Rückschlüsse vom Erzähler auf den Autor, so problematisch sie immer schon waren, sind nun kaum mehr möglich.

Postmodernes Lesen

Das Erzählte problematisiert zwar durchaus individuelle Verhaltensweisen und politische Zustände. Der Erzähler drängt aber dem Leser **keine didaktisch-moralisierende Botschaft** auf. Der Roman als Instrument der Aufklärung ist tot, denn es gibt keine absolut zu setzenden moralischen Standpunkte mehr: „anything goes". Der postmoderne Schriftsteller verzichtet darauf, sich zum moralischen Gewissen seiner Leserschaft zu erklären. Diese Literatur hat, man mag es bejubeln oder beklagen, ihren **Appellcharakter verloren**. Die Frage: „Was will der Autor uns damit sagen?", verfehlt die Intention dieser Schriftsteller.

Erst im distanzierten und ironischen Spiel mit Verweisen, Widersprüchlichkeiten und Ungereimtheiten wird dem Leser angeboten, sich die für ihn **wichtige Botschaft selbst zu erarbeiten**. Die Mehrfachcodierung der Texte, ihr doppelter Boden, erfordert vom Leser eine andere, offene Form der Lektüre, eine **produktive Rezeptionsweise**. Der postmoderne Schriftsteller liefert uns eine oft recht bunte Welt. Wie diese Welt aber zu interpretieren und vor allem zu bewerten ist, darüber hüllt er sich in Schweigen, das überlässt er dem Leser. Er versucht Bekanntes, aber auch Abgelegenes aus oft verblüffenden Perspektiven neu anzuschauen, neu zu erzählen. Damit einher geht eine Überprüfung der kulturellen Funktionen von Literatur. *Ergebnis dieser Revisionen ist eine „neue Bescheidenheit".*[1]

---

1 Lützeler (vgl. S. 36f.), S. 14

Im Kapitel „Die literarische Form“ haben wir gezeigt, dass die Erzählweise des Romans »Das Parfum« sowohl traditionelle als auch moderne Elemente aufweist und dass die zahlreichen intertextuellen Anspielungen eine produktive Rezeptionsweise des Lesers begünstigen. Dies spiegelt sich auch in der unterschiedlichen Aufnahme des Romans durch die Literaturkritik.

Marcel Reich-Ranicki stellt in seiner Rezension in der »Frankfurter Allgemeinen Zeitung« fest:

> *Sicher ist: Um die verschiedenartigen Mittel und Errungenschaften, um die ausgeklügelten Techniken und raffinierten Tricks der modernen Prosa kümmert sich dieser Autor nicht einen Pfifferling.*[1]

Ähnlich charakterisiert der »Spiegel«-Redakteur Michael Fischer die Erzählweise Süskinds:

> *Süskind, ein milder Epigone, schreibt sein Buch im Duktus traditioneller Autoren, mit der Kraft fast vergessener Worte, ein erfreulicher Anachronismus im modischen literarischen Bla-Bla.*[2]

Im Gegensatz dazu ist Paul Michael Lützeler überzeugt davon,

> *daß es sich bei diesem Erfolgsroman um alles andere als ein konventionelles Kunstwerk, sondern um eines der Schlüsselwerke der deutschsprachigen postmodernen Literatur handelt.*[3]

Was unterscheidet nun Patrick Süskind von anderen zeitgenössischen Schriftstellern? Inwiefern stellt er einen Anachronismus im gängigen Literaturbetrieb dar? Unter welchen Gesichtspunkten lässt sich der Roman »Das Parfum« zur Literatur der Postmoderne zählen?

---

1 Des Mörders betörender Duft (vgl. S. 36)
2 Ein Stänkerer gegen die Deo-Zeit (vgl. S. 36)
3 Einleitung: Von der Spätmoderne zur Postmoderne (vgl. S. 36f.), S. 17

- ✔ Der Autor Patrick Süskind weigert sich bis heute konsequent, in der Öffentlichkeit als kulturelle Leitfigur aufzutreten. Er will nicht unmittelbar eine bestimmte gesellschaftspolitische Wirkung erzielen.
- ✔ »Das Parfum« spielt virtuos mit bekannten literarischen Mustern.
- ✔ Der Roman verbindet geschickt Elemente von trivialer, unterhaltender und ernster Literatur.
- ✔ Der Roman ist vielschichtig konstruiert und bietet dem Leser eine Fülle intertextueller Anspielungen an, deren Erkennen aber für das Verfolgen der Handlung nicht unbedingt erforderlich ist.
- ✔ Der Roman drängt dem Leser keine moralisch belehrende Botschaft auf. Er muss sich nicht mit seiner eigenen Geschichte auseinander setzen, der Handlungsort hat mit seiner Welt kaum etwas zu tun, eine Identifikation mit dem Helden oder einer anderen Handlungsfigur wird nicht vorausgesetzt.
- ✔ Das Erzähler-Ich ist flüchtig wie ein Parfum. Immer wieder versteckt es seine persönliche Einstellung zum Erzählten und seine Wertungen hinter widersprüchlichen, ironischen, parodistischen und bewusst übertreibenden Erzählweisen.
- ✔ Da eine eindeutige Botschaft fehlt, ist es Sache des Lesers, diese Botschaft selbst für sich zu finden und zu bewerten. Es bleibt ihm überlassen, ob er sich von der spannenden Handlung einfach unterhalten lässt, ob er sich mit der Geschichte eines Mörders im Umfeld einer ausbeuterischen Gesellschaft auseinander setzt oder ob er den Roman als fundamentale Aufklärungs- und Vernunftkritik liest.

Zu Leben und Werk Patrick Süskinds

Franke, Eckhard: Patrick Süskind. In: Kritisches Lexikon der deutschsprachigen Gegenwartsliteratur (KLG), hg. von Heinz Ludwig Arnold, München 1978, 42. Nlg.

Hier finden sich Hinweise zur Autorbiografie, eine Interpretation der Werke, ein Werkverzeichnis und eine ausführliche Zusammenstellung der Sekundärliteratur, insbesondere der Rezensionen.

Frizen, Werner und Spancken, Marilies: Patrick Süskind, Das Parfum. München 1996
Matzkowski, Bernd u. a.: Erläuterungen zu Patrick Süskind, Das Parfum. Hollfeld 1994

Rezensionen zu dem Roman »Das Parfum«

Reich-Ranicki, Marcel: Des Mörders betörender Duft. In: Frankfurter Allgemeine Zeitung, 2. März 1985
Fischer, Michael: Ein Stänkerer gegen die Deo-Zeit. In: Der Spiegel, 4. März 1985, S. 237f.
Matt, Beatrice von: Das Scheusal als Romanheld. In: Neue Zürcher Zeitung, 15. März 1985, S. 43
Kaiser, Joachim: Viel Flottheit und Phantasie. In: Süddeutsche Zeitung, 28. März 1985
Alings, Gabriele: Dufte. In: die tageszeitung, 4. März 1985, S. 8
Schütte, Wolfram: Parabel und Gedankenspiel. In: Frankfurter Rundschau, 6. April 1985. Auch in: Deutsche Literatur 1985. Ein Jahresüberblick. Hg. von Volker Hage in Zusammenarbeit mit Adolf Fink. Stuttgart (Reclam) 1986 (= Reclams Universal-Bibliothek 8282), S. 237–245

Wenn keine größere Bibliothek in der Nähe ist, empfiehlt es sich, die Archive der jeweiligen Zeitungen anzusprechen.

Ryan, Judith: Pastiche und Postmoderne. Patrick Süskinds Roman »Das Parfum«. In: **Paul Michael Lützeler** (Hg.): Spätmoderne und Postmoderne. Beiträge zur deutschsprachigen Gegenwartsliteratur, Frankfurt am Main 1991, S. 91–103

In diesem Band finden sich einige interessante Beiträge zur modernen deutschsprachigen Literatur und Literaturgeschichte. Ryan deckt zahlreiche literarische Anspielungen in »Das Parfum« auf, die man entdecken kann, wenn man z. B. folgende Texte kennt:

Hartmann von Aue: Gregorius
Victor Hugo: Der Glöckner von Notre-Dame
Johann Wolfgang Goethe: Faust I und II; Prometheus; Der Zauberlehrling
Novalis: Heinrich von Ofterdingen
Adelbert von Chamisso: Peter Schlemihls wundersame Geschichte
E. T. A. Hoffmann: Das Fräulein von Scuderi
Jakob und Wilhelm Grimm: Der Froschkönig oder der eiserne Heinrich
Rainer Maria Rilke: Der Alchimist
Friedrich Nietzsche: Also sprach Zarathustra
Thomas Mann: Doktor Faustus; Der Erwählte
Günter Grass: Die Blechtrommel
Umberto Eco: Der Name der Rose

Filmtipps

In Zusammenarbeit mit dem Regisseur Helmut Dietl schrieb Patrick Süskind die Drehbücher zu den Fernsehserien **»Monaco Franze, der ewige Stenz«** (10 Folgen, 1983ff., erhältlich als Euro Video Nr. 18929) und **»Kir Royal. Aus dem Leben eines Klatschreporters«** (6 Folgen, 1986ff., Euro Video Nr. 19004) sowie zu dem Kinofilm **»Rossini oder die mörderische Frage, wer mit wem schlief«** (1997).

Nach Auskunft des Diogenes Verlags hat Süskind noch nicht seine Einwilligung zur Verfilmung von »Das Parfum« gegeben.

Grenouille (S. 5)	frz.: Frosch. Süskind bedient sich hier eines sprechenden Namens, der sowohl auf das Äußere des Helden als auch auf das Märchen »Der Froschkönig oder der eiserne Heinrich« der Brüder Grimm anspielt.
Cimetière des Innocents (S. 6 und S. 317f.)	frz.: Friedhof der Unschuldigen. Dieser mitten in Paris gelegene, etwa 7200 Quadratmeter große Friedhof war nicht nur letzte Ruhestätte der Toten, sondern gleichzeitig auch Markt- und Handelsplatz, Ort der kirchlichen Gerichtsbarkeit und allgemeine öffentliche Begegnungsstätte, z. B. auch für Zunfttreffen. Nach seiner Schließung im Jahre 1785 wurde hier ein Viktualienmarkt errichtet.
Hôtel-Dieu (S. 6 und S. 40)	frz.: Gasthaus Gottes. In diesem Krankenhaus, in dem auch Madame Gaillard trotz aller Vorkehrungen sterben muss, warteten die Ärmsten der Armen unter unvorstellbar schlechten Bedingungen auf ihren Tod.
Zeck (S. 29)	Zecken gehören mit ca. 800 verschiedenen Arten zur Gruppe der Milben. Sie saugen Blut an Wirbeltieren, also auch an Menschen, und können dabei gefährliche Krankheiten, wie z. B. die FSME (Gehirn- und Hirnhautentzündung) oder die Lyme-Borreliose, übertragen.
Maître Parfumeur et Gantier (S. 67)	frz.: Parfum- und Handschuhmacher-Meister
Alchimist (S. 67)	arab.: al-kimiya: Chemie. Der Alchimist untersucht mit wissenschaftlichen Methoden chemische Stoffe und versucht, natürliche Stoffe zu imitieren.
prometheische Tat (S. 71 und S. 304)	Prometheus (griech.: der Vorausdenkende) lehnte sich gegen die Götter auf, übervorteilte sie bei der Verteilung von Opfertieren und stahl ihnen das Feuer aus dem

	Himmel. Nach anderen Überlieferungen bildete er die Menschen aus Lehm. Berühmt ist Goethes Sturm- und Drang-Gedicht »Prometheus« (1777)
olfaktorisch (S. 174)	lat.: olfacere: riechen; den Geruchssinn betreffend
fluidum letale (S. 179)	tödliche Erdausstrahlung. Die Fluidaltheorie des Marquis de la Taillade-Espinasse erinnert an pseudowissenschaftliche Versuche im 18. Jahrhundert, wie z. B. den Mesmerismus, dessen Anhänger mittels Magneten ein universelles Fluidum von Mensch zu Mensch übertragen wollten und eine Vorform der Hypnose entwickelten.
Bacchanal (S. 303)	Trinkgelage, ausschweifendes Fest. Der griechische Gott des Weines und der Fruchtbarkeit Dionysos heißt lateinisch Bacchus.
Aura (S. 304)	lat.: Hauch; eine von einem Menschen ausgehende besondere Ausstrahlung und Wirkung.
Richis (S. 253)	frz.: le riche: der Reiche. Sprechender Name des bürgerlichen Emporkömmlings Antoine Richis
Laure (S. 253)	ital.: lauro/griech.: dáphnē: Lorbeer(-baum). In der griechischen Mythologie wurde Daphne auf eigenen Wunsch in einen Lorbeerbaum verwandelt, um vor den Nachstellungen des Gottes Apoll bewahrt zu werden. Der italienische Humanist und Dichter Francesco Petrarca (1304–1374) schrieb 370 Gedichte an seine Geliebte Laura, die für ihn so unerreichbar war wie Daphne für Apoll. In der Liebeslyrik in der Nachfolge Petrarcas vom 14. bis zum 18. Jh. steht der Name Laura für die unerreichbare Frau, nach der sich der Mann in Liebesqualen verzehrt.

Interpretation

Süskinds Mordgeschichte aus dem 18. Jh. hat Millionen von Lesern fasziniert. Warum und wodurch? Um die Wirkung des Romans zu verstehen, müssen wir die Bedeutung und Funktion seiner Komponenten kennen. Dazu werden wir uns den Text in seinem Ablauf nochmals genauer ansehen.

Kein Mitleid mit dem Monster

> *Es war ein wohlerwogener, fast möchte man sagen ein reiflich erwogener Schrei gewesen, mit dem sich das Neugeborene g e g e n die Liebe und dennoch f ü r das Leben entschieden hatte.* (S. 28)

Grenouille will leben und mit diesem Lebenshunger bringt er seine Mutter auf das Schafott und die Amme Jeanne Bussie beinahe um Broterwerb und inneren Frieden. Selbst der gebildete Pater Terrier lässt sich von der Furcht der Amme anstecken und will das Kind loswerden. Der Erzähler unterstellt dabei dem Neugeborenen die Fähigkeit, absichtsvoll zu handeln:

> *Unter den obwaltenden Umständen war dieses* [= das Leben] *ja auch nur ohne jene* [= die Liebe] *möglich, und hätte das Kind beides gefordert, so wäre es zweifellos alsbald elend zugrunde gegangen. Es hätte damals allerdings auch die zweite ihm offenstehende Möglichkeit ergreifen und schweigen und den Weg von der Geburt zum Tode ohne den Umweg über das Leben wählen können, und es hätte damit der Welt und sich selbst eine Menge Unheil erspart. Um aber so bescheiden abzutreten, hätte es eines Mindestmaßes an eingeborener Freundlichkeit bedurft, und die besaß Grenouille nicht. Er war von Beginn an ein Scheusal. Er entschied sich für das Leben aus reinem Trotz und aus reiner Boshaftigkeit.* (S. 28)

Grenouille ist anders als die anderen. Er ist von außergewöhnlich starker körperlicher Konstitution und er ist geruchlos. Dies allein rechtfertigt jedoch nicht die Behauptung, er sei vom Teufel besessen, von Grund auf böse und für eine Mörderkarriere gewissermaßen bestimmt.

Der Biograf des späteren Mörders will uns eine spektakuläre Geschichte erzählen. Wie seinerzeit auf Jahrmärkten üblich, präsentiert er ein fühlloses Monster, das unser Mitleiden nicht verdient. Wir können uns entspannt oder gespannt zurücklehnen und ohne innere Beteiligung verfolgen, wie das Gruselmärchen aus fernen Zeiten seinen unaufhaltsamen Lauf nimmt. Der Biograf enthebt uns gewissermaßen des Nachdenkens über das, was kommt. Wir müssen uns nicht einlassen auf die hohe Kindersterblichkeit im 18. Jahrhundert, auf die erschreckenden Verhältnisse in Waisenhäusern, Krankenhäusern oder Gerbereien und auf die völlige Schutzlosigkeit von Kindern und Jugendlichen in der vorrevolutionären Zeit in Frankreich. Wir müssen uns auch nicht einlassen auf die seelische Verkrüppelung eines Ausgestoßenen. Wir lesen darüber und es graut uns, aber der, dem alle Widerwärtigkeiten einer gewaltsamen Sozialisation zugemutet werden, ist schließlich einer, der es nicht anders verdient.

Madame Gaillard, die den Jungen in ihrem Haus aufgenommen hat, behandelt ihn wie alle anderen Kinder, mit gleich bleibender Strenge, ohne Liebe. Sie selbst hat seit einer väterlichen Misshandlung im Kindesalter kein Geruchsempfinden mehr und nimmt deshalb Grenouilles Andersartigkeit nicht wahr. Die Kinder allerdings spüren, dass der neue Zögling etwas Besonderes ist, und versuchen mehrmals, ihn umzubringen. Auch hier wieder legt die Erklärung des Biografen nahe, dass die Leidensgenossen Grenouilles instinktiv das Unheilvolle spüren, das von ihm ausgeht, und dass ihre Mordversuche nichts weiter sind als eine ganz natürliche Reaktion auf diese diabolische Aura. Die Möglichkeit, dass sie lediglich auf die Andersartigkeit des Hausgenossen mit Gewalt reagieren, schließt der Erzähler aus:

> *Sie haßten ihn nicht. Sie waren auch nicht eifersüchtig oder futterneidisch auf ihn. Für solche Gefühle hätte es im Hause Gaillard nicht den geringsten Anlaß gegeben. Es störte sie ganz einfach, daß er da war. Sie konnten ihn nicht riechen. Sie hatten Angst vor ihm.* (S. 30)

Die Tatsache, dass Madame Gaillard alle Zöglinge gleich behandelt, kann nicht Garantie dafür sein, dass diese untereinander keine Eifersucht empfinden. Auch Geschwister, die von ihren Eltern in gleichem Maße geliebt werden, können einander beneiden, ohne dass dies objektiv zu begründen wäre. Anstatt die brutale Handlungsweise der Kinder gegenüber einem Säugling auf deren von Gewalt bestimmten Lebensumstände zurückzuführen, macht der Erzähler die unheimliche Ausstrahlung des Knaben für das Tun der anderen verantwortlich:

> *Sie mieden die Kiste, in der er lag, und rückten auf ihren Schlafgestellen enger zusammen, als wäre es kälter geworden im Zimmer. Die jüngeren schrien manchmal des Nachts; ihnen war, als zöge ein Windzug durch die Kammer. Andere träumten, es nehme ihnen etwas den Atem. Einmal taten sich die Älteren zusammen, um ihn zu ersticken. Sie häuften Lumpen und Decken und Stroh auf sein Gesicht und beschwerten das ganze mit Ziegeln. Als Madame Gaillard ihn am nächsten Morgen ausgrub, war er zerknautscht und zerdrückt und blau, aber nicht tot. Sie versuchten es noch ein paarmal, vergebens.* (S. 30)

Da die Kinder Grenouille nicht seines Lebens berauben können, halten sie sich fern von ihm. In der Schicksalsgemeinschaft der bei Madame Gaillard untergebrachten Zöglinge bleibt er einsam bis zu seinem achten Lebensjahr. Bis zu dem Zeitpunkt, als seine Ziehmutter ihn dem Gerber Grimal übergibt, weil sie kein kirchliches Kostgeld mehr für ihn erhält, hat der Kleine sich bereits eine eigene, von anderen fast unbemerkte Welt erschaffen: die Welt der Gerüche. Sie ist zwar noch ungeordnet, aber schon vielfältig und reich. In dieser

Welt kann er nach Belieben schalten und walten, schaffen und zerstören.

Der Zeck

Als zentrales Bild für die Darstellung Grenouilles – von Charakterisierung kann wegen der fehlenden Differenziertheit kaum gesprochen werden – wählt der Erzähler das Bild vom Zeck.

Zum ersten Mal vergleicht er den Protagonisten mit diesem wenig sympathischen Tier, um das Neugeborene zu beschreiben, das sich aus Bösartigkeit geweigert hat, sofort nach seiner Geburt diese Welt wieder zu verlassen:

> *Der kleine häßliche Zeck, der seinen bleigrauen Körper zur Kugel formt, um der Außenwelt die geringstmögliche Fläche zu bieten; der seine Haut glatt und derb macht, um nichts zu verströmen, kein bißchen von sich hinauszutranspirieren. Der Zeck, der sich extra klein und unansehnlich macht, damit niemand ihn sehe und zertrete. Der einsame Zeck, der in sich versammelt auf seinem Baume hockt, blind, taub und stumm, und nur wittert, jahrelang wittert, meilenweit, das Blut vorüberwandernder Tiere, die er aus eigner Kraft niemals erreichen wird. Der Zeck könnte sich fallen lassen [...], mit seinen sechs winzigen Beinchen ein paar Millimeter dahin und dorthin kriechen und sich unters Laub zum Sterben legen, es wäre nicht schade um ihn, weiß Gott nicht. Aber der Zeck, bockig, stur und eklig, bleibt hocken und lebt und wartet. Wartet, bis ihm der höchst unwahrscheinliche Zufall das Blut in Gestalt eines Tieres direkt unter den Baum treibt. Und dann erst gibt er seine Zurückhaltung auf, läßt sich fallen und krallt und bohrt und beißt sich in das fremde Fleisch...* (S. 29)

Betrachten wir dieses Bild genauer, das für den Aufenthalt bei Madame Gaillard und die Jahre beim Gerber Grimal wieder verwendet wird, so stellt sich heraus, dass es nicht ganz so schlüssig ist, wie der Erzähler uns glauben machen will. Gewiss, Grenouilles Gier nach lebensnotwendiger Ammenmilch kann als typische Eigenschaft eines Schmarotzers bezeichnet werden, der seinen Opfern die Lebenskraft raubt. Durch eine solche Eigenschaft unterscheidet er sich aber noch nicht grundsätzlich von vielen anderen Neugeborenen.

Als er bei Madame Gaillard einquartiert wird, übersteht er eine Reihe von Krankheiten; er überlebt trotz der schlechten Verpflegung und des gänzlichen Mangels an Zuwendung. Da er aber gleich einem Zeck keine Gefühle hat, so der Erzähler, gedeiht er in dem freudlosen Kinderheim dennoch. Bei dem Gerber Grimal muss er ebenfalls auf seine Zeckenfähigkeiten zurückgreifen (S. 41). Und auch bei dem Parfumeur Baldini und später im Hause der Witwe Arnulfi wird sich seine Gabe, auf alles verzichten zu können, was jenseits des Überlebensnotwendigen liegt, als für ihn nützlich erweisen.

Welcher Art sind nun aber die Beziehungen zwischen Grenouille und seinen Brotgebern tatsächlich? Harrt er bei ihnen aus, um ihnen das Blut auszusaugen und ihnen ihre Lebensgrundlage zu entziehen? Sind es nicht vielmehr die anderen, die alles Erdenkliche tun, um das jeweils für sie Beste von ihm zu erhalten – sein Kostgeld, seine Arbeitskraft, seine Gesundheit, seine besonderen Gaben?

Gibt es einen Menschen, der uneigennützig zur Entwicklung von Grenouilles Persönlichkeit oder zur Entfaltung seiner Talente beitragen würde? Jeder, dem der Zeck begegnet, profitiert skrupellos von ihm: Madame Gaillard, Grimal, Baldini, der Marquis de la Taillade-Espinasse, der Parfumeurgeselle Druot, die Witwe Arnulfi.

Zwar legt der Erzähler in allen Fällen nahe, dass das Ableben der Figuren etwas mit ihrer Beziehung zu Grenouille zu tun hat, im Grunde aber hat der einsame Todesbote weit mehr unter der gewissenlosen Ausbeutung durch seine Mitmenschen zu leiden als diese unter den blutsaugerischen Aktivitäten des Zecks Grenouille.

Würde der Erzähler nicht über weite Strecken völlig auf jegliche Introspektion verzichten, ließen sich die frühen Jahre des Waisenjungen auch ganz anders darstellen: als Zeit der Pathogenese (Entstehungsgeschichte einer Krankheit) eines größenwahnsinnigen Triebtäters, der vor keinem Mittel, auch nicht vor Mord, zurückschreckt, um die Liebe seiner Mitmenschen zu erlangen. Der Text selbst macht das Bild vom Zeck, der auf Zuwendung verzichten kann, unglaubwürdig, indem er Grenouille schließlich als einen von dauerhaftem Liebesentzug Umgetriebenen erkennen lässt, dessen letztes Lebensziel darin besteht, von Verbrechern aus Liebe verzehrt zu werden.

Einsames Genie

Objektiv betrachtet, so gesteht der Erzähler zu, hat Grenouille nichts Furchterregendes an sich: Er ist ein eher kleiner, eher hässlicher Außenseiter, kann erst mit drei Jahren laufen und hat Schwierigkeiten beim Sprechenlernen. Insbesondere mit abstrakten moralischen Begriffen weiß er nichts anzufangen, was angesichts seiner Erziehung nicht überraschend ist. Grenouille erobert die Welt nicht, indem er mit den Menschen seiner Umgebung kommuniziert. Er lernt nicht von anderen und durch die Verständigung mit ihnen, statt dessen nimmt er die Gerüche der Welt wahr, systematisiert sie in seinem Inneren und bildet *Geruchssätze* (S. 35).

In diesem schöpferischen Akt, den er für sich allein vollzieht und an dem niemand außer ihm teilhaben kann, zeigt sich für Grenouille eine Chance, seine Einsamkeit zu bewältigen. Gleichzeitig verhindert die unkommunikative Art seiner kompositorischen Tätigkeit aber, dass er wenigstens einen indirekten Weg zu anderen Menschen findet. In Besitz nehmen und nach Gutdünken über das Erworbene verfügen, das will der vernachlässigte Knabe. Während die Menschen um ihn herum ihm alles Angenehme im Leben vorenthalten wollen, ja ihm selbst das Überleben nicht gönnen, nimmt er sich, was die anderen ihm nicht vorenthalten können und was ihn sein Talent zu nehmen befähigt. Und davon gibt er zunächst nichts her.

Die heimliche Anhäufung von Duftschätzen kann das Kind in dieser Form nur fortsetzen, bis es bereits im achten Lebensjahr seine Arbeitskraft an einen Gerbermeister verkaufen muss. Von diesem Zeitpunkt an ist der Knabe genötigt, weit mehr von sich zu geben, als er von anderen oder seiner Umgebung nehmen kann. Unter diesen Umständen bedeutet eine lebensgefährliche Krankheit schieres Glück, weil sie ihm ein kleines Fenster zur Welt und zur Freiheit öffnet.

Die Berufung

Im Rausch der unter Einsatz seines Lebens erworbenen Freiheit findet er plötzlich durch den Duft eines Mädchens Zugang zu seinem Herzen und zu einem bis dahin nicht gekannten Gefühl:

> *Zum ersten Mal war es nicht nur sein gieriger Charakter, dem eine Kränkung widerfuhr, sondern tatsächlich sein Herz, das litt.* (S. 50)

Grenouille will den Duft, der alles bisher Gerochene in den Schatten stellt, unbedingt besitzen. Den wirklichen Grund für diesen starken Wunsch erfährt der Leser erst viel später.

Zunächst scheint es dem Protagonisten, als zeige ihm der Mädchenduft gleich einem Kompass seinen Weg ins Leben, als ordne sich ihm mit einem Mal das ganze Chaos seiner bisherigen Existenz, als beginne er erst jetzt zu leben, da er seine Berufung erkannt habe: der größte Parfumeur aller Zeiten zu werden.

Grenouille begeht seinen ersten Mord gewissermaßen zufällig. Er fühlt sich unwiderstehlich angezogen von einem Duft, der sich nicht in die bisher von ihm entwickelten „Geruchssätze" fügt.

> *Hunderttausend Düfte schienen nichts mehr wert vor diesem einen Duft. Dieser eine war das höhere Prinzip, nach dessen Vorbild sich die andern ordnen mußten. Er war die reine Schönheit.* (S. 55)

Der Gerberlehrling hat plötzlich eine olfaktorische, also den Geruchssinn betreffende Vision, die ihn nicht mehr loslässt:

> *Für Grenouille stand fest, daß ohne den Besitz des Duftes sein Leben keinen Sinn mehr hatte. Bis in die kleinste Einzelheit, bis in die letzte zarteste Verästelung mußte er ihn kennenlernen; die bloße komplexe Erinnerung an ihn genügte nicht. Er wollte wie mit einem Prägestempel das apotheotische Parfum ins Kuddelmuddel seiner schwarzen Seele pressen, es haargenau erforschen und fortan nur noch nach den inneren Strukturen dieser Zauberformel denken, leben, riechen.* (S. 55)

Der Mord ist Grenouille nicht als Verbrechen bewusst. Da er die Essenz des Mädchens, sein Parfum, künftig in sich trägt, erscheint ihm seine Untat nicht als solche. In seinen Augen ist sie vielmehr nur ein Mittel, um ihn seinem hohen Ziel näher zu bringen.

War das Leben des jungen Mörders bis zum Zeitpunkt seiner Vision ausschließlich durch die Absichten anderer bestimmt, beginnt er nun, planvoll zu handeln. Es gelingt ihm, sich im richtigen Augenblick durch einen Geniestreich Zugang zum Labor eines der renommiertesten Pariser Parfumeure zu verschaffen. Gerade hat Giuseppe Baldini endgültig seine Talentlosigkeit als moderner Parfumeur erkannt und beschlossen, sein Geschäft zu verkaufen, als Grenouille eintrifft und ihm eine denkwürdige Vorstellung bietet, an deren Ende die Kreation eines Duftes steht, von dem es heißt:

> *Dieses Parfum war kein Parfum, wie man es bisher kannte. Das war kein Duft, der besser riechen machte, kein Sentbon, kein Toilettenartikel. Das war ein völlig neuartiges Ding, das eine ganze Welt aus sich erschaffen konnte, eine zauberhafte reiche Welt, und man vergaß mit einem Schlag die Ekelhaftigkeiten um sich her und fühlte sich so reich, so wohl, so frei, so gut…* (S. 111f.)

Dies bedeutet nichts anderes, als dass Grenouille nun imstande ist, seinen Mitmenschen etwas Besonderes zu geben: Mit einem eigenen Geruch kann er zwar nicht aufwarten, aber er vermag es, neuartige Dufterlebnisse zu schaffen. Er glaubt zunächst, seinen Weg gefunden zu haben. Auf diesem Weg bereitet er anderen Menschen Freude. Auch wenn dies nicht sein erklärtes Ziel ist. Für die Freude, die er macht, erhält er aber keinen Dank, denn er agiert im Dunkeln, und Baldini nutzt die Gaben Grenouilles ausschließlich für seinen eigenen Profit.

Rettung im Rückzug – die Höhle

Um das Leben seines Lehrlings zu retten, der schwer erkrankt ist, verrät Baldini Grenouille, dass in der südfranzösischen Stadt Grasse andere Methoden der Duftgewinnung praktiziert werden als in seinem eigenen Hause. Grenouille ahnt: Sein Ziel, ein Parfum zu kreieren aus dem Duft gewisser Menschen, *die Liebe inspirieren* (S. 240), hängt vom Erwerb dieser Kenntnisse ab. Er wird wieder gesund, um nach Grasse zu gehen. Als Baldini ihm nach drei weiteren Jahren der Ausbeutung seinen Gesellenbrief aushändigt, steht der Karriere nichts mehr im Wege – außer Grenouille selbst. Nachdem er seine Wanderschaft angetreten hat, wird ihm klar:

> *Bisher hatte er immer geglaubt, es sei die Welt im allgemeinen, von der er sich wegkrümmen müsse. Es war aber nicht die Welt, es waren die Menschen. Mit der Welt, so schien es, der menschenleeren Welt, ließ sich leben.* (S. 148f.)

An einem Berg im Zentralmassiv angelangt, freut er sich über die Einsamkeit wie ein Schiffbrüchiger sich freut, wenn er wieder unter Menschen kommt. Seine Nase teilt ihm mit, dass er sich fern von seinen Artgenossen befindet, und das bedeutet für ihn Glück. An diesem Glücksgefühl ändert auch seine *nach bürgerlichen Maßstäben völlig indiskutable Ernährungsweise* (S. 155) nichts: Salamander, Schlangen, Flechten, Gras und Moosbeeren stehen täglich auf seiner Speisekarte.

In der Nähe einer Quelle entdeckt er nach Tagen seinen eigentlichen Zufluchtsort: einen natürlichen Stollen, an dessen äußerstem Ende er sein Lager einrichtet, obwohl er sich dort kaum rühren kann. Hier endlich findet er die Geborgenheit, die ihm in der menschlichen Gesellschaft nie vergönnt war.

Diese Geborgenheit hat er offenbar so schmerzlich vermisst, dass er die nun mit ihr verbundenen unangenehmen Seiten gar nicht als solche wahrnimmt. In dem feuchten, einsamen, grabähnlichen Loch erlebt der vom ersten Tag seiner Existenz an Ausgesetzte die Sicherheit, die er weder vor noch nach seiner Geburt je gespürt hat:

> *Er lag im einsamsten Berg Frankreichs fünfzig Meter tief unter der Erde wie in seinem eigenen Grab. Noch nie im Leben hatte er sich so sicher gefühlt – schon gar nicht im Bauch seiner Mutter. Es mochte draußen die Welt verbrennen, hier würde er nichts davon merken. Er begann still zu weinen. Er wußte nicht, wem er danken sollte für so viel Glück.* (S. 156)[1]

Nur selten beschreibt der Erzähler – wie an dieser Stelle – eine Gefühlsäußerung Grenouilles, ohne sie durch pathetische Übertreibung ins Lächerliche zu ziehen. Es klingt vielmehr bitter, wenn er aus Grenouilles Perspektive einen Ort äußerster Einsamkeit als höchstes Glück bezeichnet. Wie gequält muss ein Mensch sein, der sich an einem solchen unwirtlichen Ort so heimisch fühlt.

Die Höhle bietet dem Umhergetriebenen, der erkannt hat, dass er Zuflucht vor den Menschen finden muss, Ruhe und Geborgenheit. Sie ist ein Ort, an dem die Zeit stillzustehen scheint. Der Siebenjährige Krieg, der draußen wütet und die Welt des Zeitlichen erfasst hat, dringt nicht bis hierher.

Anstatt zwischen die Mühlräder der Geschichte zu geraten, kann der Höhlenbewohner seine eigene Geschichte verarbeiten, kann eigene Welten erschaffen und zerstören.

---

1 Vgl. zur Interpretation dieser Textstelle auch S. 57f.

Er ruft sich die seine Nase kränkenden Gerüche der Vergangenheit ins Gedächtnis, um sie gleich darauf zu vernichten. Hass und Rache sind seine Antriebskräfte:

> *Um sich in Stimmung zu bringen, beschwor er zunächst die frühesten, die allerentlegensten: den feindlichen, dampfigen Dunst der Schlafstube von Madame Gaillard; das ledrig verdorrte Odeur ihrer Hände; den essigsauren Atem des Pater Terrier; den hysterischen, heißen mütterlichen Schweiß der Amme Bussie; den Leichengestank des Cimetière des Innocents; den Mördergeruch seiner Mutter. Und er schwelgte in Ekel und Haß, und es sträubten sich seine Haare vor wohligem Entsetzen.* (S. 158f.)

Spätestens hier wird deutlich, dass das Kind Grenouille die Welt zwar im Wesentlichen mit dem Geruchssinn erfasst hat, dass es aber diese Eindrücke auch mit Gefühlen verknüpft haben muss. Die Unfähigkeit des Knaben, Gegenstände, moralische Begriffe und Gefühle sprachlich zu benennen, wird vom Erzähler für eine eigene Interpretation der Verhaltensweisen Grenouilles genutzt – und missbraucht. Die kommunikative Ohnmacht des Jungen macht ihn zum Opfer der Menschen und letztlich auch zum Opfer seiner Wahnvorstellungen.

Nachdem sich der gequälte Mensch von den erniedrigenden Düften seiner Kindheit in einem Akt der Zerstörung befreit hat, beginnt er, seine eigene, angenehme Welt der Gerüche zu erschaffen. In seinem unermesslichen Reich sät er Duft:

> *Und als er sah, daß es gut war und daß das ganze Land von seinem göttlichen Grenouillesamen durchtränkt war, da ließ der Große Grenouille einen Weingeistregen herniedergehen, sanft und stetig, und es begann allüberall zu keinem und zu sprießen, und die Saat trieb aus, daß es das Herz erfreute. Schon wogte es üppig auf den Plantagen, und in den verborgenen Gärten standen die Stengel im Saft. Die Knospen der Blüten platzten schier aus ihrer Hülle.* (S. 161)

Der Erzähler bezieht sich sprachlich auf die biblische Schöpfungsgeschichte, um Grenouilles Allmachtsfantasien zu schildern. Durch die Verwendung dieses offenkundig unangemessenen biblischen Stils gibt er die Fantasien des Größenwahnsinnigen aber auch der Lächerlichkeit preis. Er nimmt eine erneute Distanzierung vor: Wir haben es bei Grenouille nicht mit einem geschundenen, Mitleid erregenden Menschen, sondern mit einem größenwahnsinnigen, lächerlichen Ungeheuer zu tun.

Den Fantasien schöpferischer Allmacht folgen nun Heimkehr und planvolle Ausschweifung. Grenouille genießt in seinem Herzen, das der Erzähler als *purpurnes Schloß* (S. 163) bezeichnet, bedächtig Millionen gesammelter Dufterinnerungen, so wie ein Weinkenner Wein oder ein Leser Bücher genießt. Grenouilles Herz ist ein Hort der Düfte, so wie es für andere ein Hort der Gefühle ist. Eine Heimkehr dorthin ist für ihn anstrengend und die Rückkehr in die äußere Wirklichkeit unangenehm.

Sieben Jahre lang, von seinem 18. bis zu seinem 25. Lebensjahr, hält sich Grenouille in der Höhle auf, fern von dem *Weltkrieg* (S. 169), der draußen wütet. Die innere Katastrophe, die ihn schließlich wieder in die Welt treibt, ist die Entdeckung, dass er selbst keinen eigenen Geruch hat (vgl. S. 171). In dieser Entdeckung offenbart sich dem unumschränkten Herrscher über das von ihm erschaffene Reich der Gerüche die eigene Ohnmacht als Kehrseite der geträumten Allmacht.

Die Macht der Maske

Grenouille hat in der Höhle die Grenze seiner Allmacht erkannt: Er selbst ist diese Grenze. Zwar kann er Düfte kreieren und zerstören, doch eine eigene olfaktorische Identität hat er nicht entwickelt. Er hatte bisher nicht einmal bemerkt, dass er als einziger inmitten seines Duftimperiums kein unverwechselbares Parfum ausströmt, mit dem er auf andere Menschen wirken kann. Erst nach sieben Jahren intensiver Beschäftigung mit seiner Vergangenheit, des alltäglich wiederholten Durchlebens seiner Dufterinnerungen, gelangt er schließlich zu sich selbst und entdeckt – nichts als *Nebel* (S. 170). Und er kann sich, im doppelten Sinne des Wortes, nicht riechen.

Über diese Entdeckung ist er zutiefst schockiert, denn sie bedeutet: Auch während der Jahre seiner Einsamkeit hat er nicht das gefunden, was ihm innerhalb der Gesellschaft unmöglich war zu finden: eine unverwechselbare Persönlichkeit. Hatten die anderen ihn bislang nicht als soziales Wesen wahrgenommen, sondern immer nur die für sie relevanten Teilaspekte seiner Person, so nimmt er von sich nichts anderes wahr als fremde Düfte der Vergangenheit. Er ist ein Duftarchiv, das für niemanden außer ihm zugänglich ist. Er ist Herr über ein flüchtiges Reich, von dem er das Wenigste anderen mitteilen und mit anderen teilen kann. Sahen ihn die Menschen auf seinem Lebensweg als Kostgänger (Madame Gaillard), als Arbeitskraft (Grimal), als Ideenlieferanten (Baldini), so sieht er schließlich nicht einmal mehr das von sich.

Er beschließt, sein Leben zu ändern, und begibt sich wieder zu den Menschen. Kaum im Dorf Pierrefort angekommen, nimmt sich der wissenschaftsgläubige Marquis de la Taillade-Espinasse seiner an und bedient sich seiner, um seine neue Theorie zu beweisen.

Erneut trägt Grenouille zum Erfolg eines anderen bei. Allerdings verlässt er den Marquis mit einer wichtigen Erkenntnis: Beim Blick in einen Spiegel sieht er, dass er sich durch sein Erscheinen nicht von anderen Menschen unterscheidet. Es wird ihm bewusst, dass das Äußere, die Maskerade, zu der ihn der Marquis nötigt, wichtig ist für die Wirkung, die man auf seine Umwelt ausüben kann. Aufgrund seines Höhlenerlebnisses ist er ferner davon überzeugt, dass er einen Eigengeruch braucht, möglichst nicht zu verschieden von dem der anderen, um als Person in der Gesellschaft akzeptiert zu werden und endlich Liebe zu finden.

Die perfekte Maske gilt es nun durch einen durchschnittlichen Menschengeruch zu vervollkommnen. Dies gelingt dem Parfumeurgesellen und er stellt begeistert fest, dass er plötzlich von den Menschen als ihresgleichen akzeptiert wird (vgl. S. 196).

Von nun an wird Grenouille seine Duftmasken perfektionieren. Wenn er sich selbst schon nicht finden kann, will er wenigstens wirken. In der Wahrnehmung seiner Wirkung auf andere will er einen Ersatz sehen für die Individualität, deren Abwesenheit es ihm unmöglich gemacht hat, länger in der Höhle zu bleiben.

Die Aura des Massenmörders

An dem für seine Hinrichtung festgesetzten Tag wird Grenouille zum Massenhypnotiseur.

> *Er hatte sich eine Aura erschaffen, strahlender und wirkungsvoller, als sie je ein Mensch vor ihm besaß. Und er verdankte sie niemandem [...] als einzig s i c h s e l b s t.* (S. 304)

Doch die Begeisterung der Menge gilt nicht ihm, sondern lediglich seiner Duftmaske. Dieser Begeisterung liegt nicht die von ihm erhoffte Liebe zugrunde, vielmehr ist es ein besinnungsloses, blindes Begehren, das die Zuschauer auf dem Hinrichtungsplatz zu einer wilden Sexorgie treibt. Auch Antoine Richis verfällt dem betörenden Parfum, dessen Hauptingredienz aus dem Duft seiner geliebten Tochter Laure besteht, und bittet den Mädchenmörder um Verzeihung. Grenouille hasst und verachtet diejenigen, die Schein und Sein verwechseln.

> *Aber der Haß, den er für die Menschen empfand, blieb von den Menschen ohne Echo. Je mehr er sie in diesem Augenblick haßte, desto mehr vergötterten sie ihn, denn sie nahmen von ihm nichts wahr als seine angemaßte Aura [...].* (S. 306)

Die anderen sind nicht anders und schon gar nicht besser als er, denn die moralischen Kategorien, die diese Gesellschaft zusammenhalten, erscheinen nach der Orgie auf dem Hinrichtungsplatz als äußerst instabil. Die Menschen, auf die Grenouille einzig aus seiner olfaktorischen Froschperspektive blicken kann, werden nicht durch seine Persönlichkeit in Ekstase versetzt, sondern nur durch den von ihm verbrecherisch hergestellten Duft. Diese Erkenntnis führt zu seinem endgültigen Selbstverlust, er verliert *das Bewußtsein* (S. 308).[1]

Menschenfresser

In den Handlungen Grenouilles drückt sich eine besessene Sehnsucht nach Liebe aus. Um die Liebe seiner Mitmenschen zu erlangen, sind ihm alle Mittel recht. Doch die Menschen in Süskinds Roman sind zur Liebe offenbar durchweg nicht fähig. Sie suchen nur ihren eigenen Vorteil. Sie wollen und können Grenouille, den Frosch, nicht erlösen. Selbst die Kannibalen, denen er es schließlich überlässt, ihn aufzufressen, *hatten zum ersten Mal etwas aus Liebe getan* (S. 320). Anstatt ein Opfer des Hasses wird er ein Opfer der „Liebe", einer kannibalischen Form der Liebe allerdings, die nicht den geliebten Menschen in seiner Individualität respektiert, sondern lediglich ein begehrtes Objekt verschlingt.

Ein Märchen vom Frosch

Der Erzähler will uns eine unglaubliche Geschichte erzählen. Doch die spektakuläre Mordgeschichte ist mehr und sie ist etwas anderes als das, wofür er sie ausgibt. Der Erzähler distanziert gleich zu Beginn den Leser, indem er ausdrücklich kein Identifikationsangebot macht: Der Protagonist ist ein Scheusal und er entwickelt sich nicht. Er ist gefühllos, märchenhaft widerstandsfähig gegen Krankheiten und Einsamkeit und er ist märchenhaft begabt.

Bei genauerem Hinsehen jedoch erkennen wir, dass hier ein Individuum im Laufe einer überaus grausamen Sozialisation in seiner Selbstfindung so nachhaltig gestört worden ist, dass

1 Zur Interpretation der Hinrichtungsszene vgl. auch S. 59–61

seine nach außen hin wahrnehmbaren Handlungen in der Tat auf eine völlige Gefühllosigkeit schließen lassen. Die Handlungen werden vom Erzähler so interpretiert, dass sein Ansatz, Grenouille nur als Ungeheuer darzustellen, eine oberflächliche Bestätigung erhält. Erst als Grenouille zum Mörder geworden ist, erfahren wir etwas über seine Gefühle. Über die Leiden des Kindes beispielsweise schweigt sich der Biograf beharrlich aus.

Der Leser spürt aber, dass er die Bewertungen des Erzählers nicht ungeprüft übernehmen kann. Der Text selbst hält Identifikationsangebote für den Leser bereit, die der Erzähler explizit zurückzuweisen versucht. Anders als der Erzähler behauptet, ist Grenouille nicht von Anfang an böse, denn als Kind hatte er gar nicht die Chance, moralische Kategorien unterscheiden zu lernen. Stattdessen lernt er, gegen Erniedrigungen und Bedrohungen eigene Verteidigungsstrategien zu entwickeln – auch wenn diese letztlich versagen.

Der Roman lebt von der Spannung zwischen der erklärten Absicht des Erzählers und den tatsächlichen Angeboten des Textes: Jeder von uns sehnt sich nach einer Begabung, einer Berufung, nach der Fähigkeit, Hunger und Durst und Kälte und Einsamkeit zu trotzen. Jeder Mensch braucht die Bestätigung seiner Mitmenschen. Jeder möchte geliebt werden. Die Mittel freilich, mit denen der ungeheuerliche Grenouille ans Werk geht, entsprechen den Grausamkeiten, die er im Laufe seines von Anfang an bedrohten Lebens erfahren hat. Aber auch wenn wir mit dem Mörder Grenouille nichts zu tun haben (wollen), so wären wir doch manchmal gerne der Zeck, das Genie oder ein von der Menge umjubelter Star.

Gewiss ist es auch diese gelungene Mischung aus der Faszination des Bösen und dem Wunsch nach Vollkommenheit, die Patrick Süskinds Roman so spannend – und so erfolgreich macht.

Aufgaben mit Lösungstipps

Dieses Kapitel
- versteht sich als Ergänzung zum Interpretationsteil,
- bietet Thesen, Argumente und Zitate für Diskussionen im Unterricht, die Anfertigung von Referaten und mündliche und schriftliche Prüfungen.

? Aufgabe 1

Analysieren Sie Grenouilles Aufenthalt in der Höhle im Hinblick auf seine persönliche Entwicklung!

! Lösungstipp

These

Grenouille entwickelt sich in der Höhle von einem eher instinktgeleiteten *Animal* (S. 24) zu einer selbstbewussten Person, die sich vornimmt, *die Herzen der Menschen* (S. 199) zu beherrschen.

Argumentation

- Die Höhlenszene ist in der Mitte des Romans situiert. Sie stellt einen Höhe- und zugleich Wendepunkt in Grenouilles Leben dar.
- Grenouille erlebt wie nur selten zuvor in seinem Leben (vgl. S. 57) bewusst Gefühle wie Jubel (vgl. S. 154), Glück (vgl. S. 156), aber auch Ekel, Hass, Zorn und Rache (vgl. S. 159). Er entdeckt seine Sexualität (vgl. S. 159).
- Er durchlebt noch einmal seine Vergangenheit (Regression) und bewältigt durch diese Erinnerungen die empfangenen Demütigungen (vgl. Kap. 26 und 27).

- Trotz der ironischen Darstellung durch den fiktiven Erzähler kann der Leser feststellen, dass Grenouille sich selbst erforscht. Er entwickelt Allmachtsfantasien als *Große[r] Grenouille* (S. 161) im *grenouillschen Seelentheater* (S. 168). Ausgelöst durch die schmerzliche Erkenntnis der eigenen Geruchlosigkeit durchläuft er einen Prozess der Identitätssuche: *Er würde sein Leben ändern* (S. 171).
- Er wird vom Objekt der Ausbeutung zu einem selbstbestimmten Subjekt, das die Angst besiegen will, *über sich selbst nicht Bescheid zu wissen* (S. 175). Dies versucht er zu erreichen, indem er einen *Engelsduft* kreiert, damit die Menschen ihn *von ganzem Herzen lieben* (S. 198) müssen.
- Dieses Projekt misslingt. Der kannibalische Akt im letzten Teil veranschaulicht ironisch die Redensart, dass die Liebe der Menschen durch den Magen geht.

? Aufgabe 2

Analysieren Sie die Textstelle S. 156 von *Nahe der Wasserstelle [...]* bis *[...] für so viel Glück*!

Wie verstehen Sie den Satz *Noch nie im Leben hatte er sich so sicher gefühlt – schon gar nicht im Bauch seiner Mutter* im Hinblick auf die Rolle des Erzählers?

! Lösungstipp

These

Der Autor verbindet Elemente trivialer und hoher Literatur und bietet dem (gebildeten) Leser verschiedene Interpretationsebenen an. Der Erzähler (und mit ihm der augenzwinkernde Autor) negiert aber am Schluss des Abschnitts seine

Andeutungen und lässt die Bedeutungssuche des Lesers ins Leere laufen. Er ist unzuverlässig (unreliable narrator).

Argumentation

- **Religiöse Ebene:** Formulierungen wie *Gefühl von heiliger Scheu* und *Altar* (vgl. auch weitere Bibelanspielungen auf den folgenden Seiten) deuten eine Religiosität Grenouilles an, die sich im Folgenden in Gotteslästerung verkehrt: *Gott war ein kleiner armer Stinker* (S. 199).
- **Mythologische Ebene:** In der Mythologie ist der Initiationsritus bekannt als Gang in die Unterwelt *(Stollen)*, symbolischer Tod *(Grab)* und Auferstehung zu einem neuen Leben *(himmlisch)*. Diese Deutungsebene wird angespielt, der Leser findet sie aber im Kontext nicht bestätigt.
- **Psychoanalytische Ebene:** Auf der Ebene der Handlung (Narration) verkriecht sich Grenouille in eine Höhle. Auf der Ebene der Beschreibung (Deskription) legen Formulierungen wie *natürlichen Stollen, so eng, stockfinstere Nacht, totenstill, die Luft atmete* sowie die beschriebene embryonale Haltung einen Mutterleibstraum[1] Grenouilles nahe. Diese vom Text angebotene Deutung widerlegt der Erzähler: *Noch nie im Leben hatte er sich so sicher gefühlt – schon gar nicht im Bauch seiner Mutter*. Eine auf einem traditionellen Bildungsrepertoire des Lesers beruhende Interpretation wird abgelehnt und auf eine triviale Lektüre zurückgelenkt.

---

1 Vgl. z. B. zur Analyse eines Mutterleibstraums bei Stifter: Bachmaier, Helmut: Nachwort. In: Adalbert Stifter: Bergkristall. (Reclam UB 3912), Stuttgart 1989, S. 64f.

? Aufgabe 3 a

Welche Bedeutung hat die Hinrichtungsszene auf dem Richtplatz in Grasse, Kap. 49, S. 296–308, im Hinblick auf die Entwicklung von Jean-Baptiste Grenouille?

! Lösungstipp

These

Die Hinrichtungsszene stellt für Grenouille eine Katastrophe dar. Zwar bleibt er selbst am Leben, doch sein Lebenstraum, von den Menschen geliebt zu werden, wird endgültig zerstört.

Argumentation

- Grenouille nimmt die Urteilsverkündung gelassen hin, denn er vertraut auf die Wirkung des von ihm kreierten absoluten Duftes. Er äußert keinen letzten Wunsch, *er habe alles, was er brauche* (S. 291).
- Die Vorführung Grenouilles – *Üblich war sie durchaus nicht* (S. 298) – gleicht dem Auftreten eines Herrschers: Karosse, Kutscher, livrierte Diener und Reiterbegleitung. *Er trug einen blauen Rock, ein weißes Hemd, weiße Seidenstrümpfe und schwarze Schnallenschuhe. Er war nicht gefesselt. Niemand führte ihn am Arm. Er entstieg der Kutsche wie ein freier Mann* (S. 299).
- Das Parfum hat seine Wirkung getan. Die Zuschauer sind der Meinung, der *kleine Mann [...] könne u n m ö g l i c h e i n M ö r d e r sein* (S. 299, Hervorhebung im Original!), er sei *die Unschuld in Person* (S. 300).
- Grenouille triumphiert – scheinbar. Er glaubt sich am Ziel seiner narzisstischen Wünsche: *Er hatte die prometheische Tat vollbracht. [...] Er hatte sich eine Aura erschaffen, strahlender und wirkungsvoller, als sie je ein Mensch vor ihm besaß* (S. 304).

- Doch wie Narziss muss er enttäuscht feststellen, dass er lediglich *sein eigener Gott* (S. 304) ist, sein Hass bleibt *ohne Echo* (S. 306). *Er wollte ein Mal, nur ein einziges Mal, in seiner wahren Existenz zur Kenntnis genommen werden und von einem anderen Menschen eine Antwort erhalten [...]. Aber daraus wurde nichts* (S. 306). Nicht einmal gegenüber Richis, der ihn um Vergebung bittet, kann er seinen Hass ausleben.
- Grenouille muss feststellen, dass die Menschen nur animalisch auf seine Aura, seine Maske reagieren; statt Liebe erlebt er eine beziehungslose Sexorgie. Sie nehmen ihn nicht als Menschen wahr. Die fehlende Bestätigung seiner Selbstdefinition unterminiert seine geistige Stabilität und Entwicklung.[1] *Endlich sank er nieder und verlor das Bewußtsein* (S. 308). Seine Unfähigkeit, echte Beziehungen aufzunehmen, führt letztlich zu seinem Tod.

? Aufgabe 3 b

Wie deuten Sie die Darstellung der Zuschauer in dieser Szene?

! Lösungstipp

These

Die Darstellung der Verführbarkeit der Zuschauer zeigt Süskinds negatives Menschenbild in diesem Roman.

Argumentation

- *Die Bürger bereiteten sich auf das Ereignis wie auf einen hohen Festtag vor* (S. 293). Vom gemeinen Volk über den ge-

1 Vgl. hierzu Watzlawick, Paul u. a.: Menschliche Kommunikation. Formen, Störungen, Paradoxien. Bern 1969, S. 84ff.

samten Adel bis zum Bischof ist die Ständegesellschaft von Grasse versammelt.

- Beim Auftritt Grenouilles *geschah ein Wunder* (S. 299). Der Leser hat ein Déjà-vu-Erlebnis: Die Wirkung des Parfums auf die zehntausend Zuschauer erinnert an die Massensuggestion durch die inszenierten Auftritte Adolf Hitlers zur Zeit des Nationalsozialismus.

- *Den Nonnen erschien er als der Heiland in Person, den Satansgläubigen als strahlender Herr der Finsternis [...]* (S. 303). Die religiöse Verklärung Grenouilles steigert sich im Verlauf der Szene ins Sexuell-Orgiastische. Die suggestive Kraft des Parfums wirkt auf die Libido der Zuschauer. Ihr Unterbewusstes identifiziert sich mit Grenouille, sie werden Objekte einer Massenhypnose und verfallen in *Liebe zu dem kleinen Mördermann* (S. 300). Mit Sigmund Freud kann man in Bezug auf die Wirkung dieser olfaktorischen Agitation von einer *psychischen Infektion* sprechen[1].

- Die Masse setzt Grenouille an die Stelle ihres Ich-Ideals. Die Kontrollinstanzen des Über-Ich versagen, die Zensur wird ausgeschaltet. Wie nach dem Ende des Nationalsozialismus wollen auch die Bürger von Grasse hinterher nicht mehr darauf zu sprechen kommen und schämen sich, *überhaupt daran beteiligt gewesen zu sein* (S. 299).

- Die Menschen sind nur scheinbar vernunftgeleitet und zivilisiert. Wie Grenouille tragen sie eine Maske, hinter der sich ein zügelloses Triebpotential verbirgt, das jederzeit unkontrolliert hervorbrechen kann. Süskinds negatives Menschenbild gipfelt im Kannibalismus der letzten Szene, wo die Liebe als Auslöser für ein grauenhaftes Verbrechen dargestellt wird: *Sie hatten zum ersten Mal etwas aus Liebe getan* (S. 320).

---

1 Vgl. hierzu Freud, Sigmund: Massenpsychologie und Ich-Analyse. Frankfurt am Main 1974, S. 46

Aufgabe 4

Untersuchen Sie am Beispiel Baldinis, des Marquis und Richis' die Auseinandersetzung Süskinds mit zentralen Aspekten der Aufklärung!

Lösungstipp

These

Patrick Süskind setzt sich parodistisch und zugleich kritisch mit den Idealen der Epoche der Aufklärung und Immanuel Kants 1784 erschienenen Schrift »Beantwortung der Frage: Was ist Aufklärung?« auseinander, wo es zu Beginn heißt:

> ***Aufklärung ist der Ausgang des Menschen aus seiner selbstverschuldeten Unmündigkeit. Unmündigkeit*** *ist das Unvermögen, sich seines Verstandes ohne Leitung eines anderen zu bedienen.* ***Selbstverschuldet*** *ist diese Unmündigkeit, wenn die Ursache derselben nicht am Mangel des Verstandes, sondern der Entschließung und des Mutes liegt, sich seiner ohne Leitung eines andern zu bedienen. Sapere aude! Habe Mut, dich deines* ***eigenen*** *Verstandes zu bedienen! ist also der Wahlspruch der Aufklärung.*[1]

Argumentation

- Zentrale Ziele der Aufklärung waren die Entwicklung der Empfindung (Sensualismus) und der Vernunft (Rationalismus) des Menschen. Toleranz, Weltbürgertum, Allgemeinbildung, Loslösung von jenseitigen Prinzipien und Entwicklung der Wissenschaften sind nur einige Stichworte. Diese Ideale werden im Roman pervertiert. Grenouille ist Objekt der Ausbeutung.

---

1 In: Bahr, Ehrhard (Hg.): Was ist Aufklärung? Thesen und Definitionen. (Reclam UB 9714), Stuttgart 1986, S. 9.

- Baldini sehnt sich zurück nach *den guten alten handwerklichen Zeiten*, in denen noch *Charakter, Bildung, Genügsamkeit und der Sinn für zünftische Subordination* (S. 71) zählten. Er kritisiert zwar die *hektische Neuerungssucht [...], diese Experimentierwut, diese Großmannssucht im Handel, im Verkehr und in den Wissenschaften* (S. 72) der Aufklärung, weiß aber seinen Nutzen daraus zu ziehen. Er entwickelt *Arbeitsteilung und Rationalisierung* (S. 115) und expandiert durch die Arbeit Grenouilles erfolgreich auf dem Weltmarkt.

- Der Marquis de la Taillade-Espinasse versucht, ganz im Sinne der aufkommenden Naturwissenschaften, den empirischen Beweis für die Richtigkeit seiner *letalen Erdfluidumtheorie* (S. 181) zu führen. Doch nicht *der Ventilationshokuspokus* (S. 185), *sondern einzig und allein die paar Kleider, der Haarschnitt und das bißchen kosmetischer Maskerade* (S. 186) machen aus Grenouille wieder einen normalen Menschen. Die aufgeklärte Bildung und Weltoffenheit des Marquis werden parodiert und der Lächerlichkeit preisgegeben.

- Auch Antoine Richis versucht vergeblich, sich seines Verstandes ohne Leitung eines anderen zu bedienen. Er durchschaut zwar weitgehend die Handlungsmotive Grenouilles, kann seine Tochter aber dennoch nicht vor ihm retten und verfällt wie alle anderen der Verführungskraft des Parfums.

- Die Ideale der Aufklärung werden in diesem Roman als gescheitert dargestellt. Statt Aufgeklärtheit und Mündigkeit kennzeichnen Habgier (Baldini), naive Wissenschaftsgläubigkeit (Marquis) und Verführbarkeit (Richis) die Menschen. Die Vernunft wird instrumentalisiert und zum destruktiven Mittel der Herrschaft über andere pervertiert.

? Aufgabe 5

Warum ist »Das Parfum« Ihrer Meinung nach ein Bestseller geworden? Halten Sie persönlich diesen Erfolg für gerechtfertigt?

! Lösungstipp

Im Folgenden wollen wir Ihnen einige Fragen anbieten, die Ihnen helfen sollen, Ihre Meinung zu begründen. Denken Sie daran, dass eine persönliche Stellungnahme aus einem sympathetischen Ansatz (Was will der Autor zum Ausdruck bringen? Worum geht es ihm aber nicht?), einem kritischen Ansatz (Gelingt dem Autor sein Vorhaben? Wo kann ich zustimmen, was lehne ich ab?) und einem konstruktiven Ansatz (Was hätte der Autor berücksichtigen müssen und warum?) bestehen sollte.

- Erleichtert die chronologische Erzählweise und die lineare Handlungsführung die Lektüre oder verwendet Süskind ein allzu einfaches Erzählstrickmuster?
- Wirkt die Vielzahl der verwendeten Romanformen (vgl. S. 28) bereichernd oder verwirrend auf den Leser?
- Stellen die zahlreichen literarischen und kulturellen Anspielungen des Autors eine Vertiefung[1] der Thematik dar oder sind sie beliebig und befriedigen allenfalls den Narzissmus eines (gebildeten) Lesers?
- Bietet der Autor eine Möglichkeit zur Identifizierung an?
- Übt der Autor in seinem Text Gesellschaftskritik?
- Handelt es sich bei dem Roman um hohe oder um triviale Literatur oder um eine (postmoderne) Mischung? Welche Ansprüche stelle ich an (Schul-)Lektüre?

---

1 Vgl. hierzu Süskind, Patrick: Der Zwang zur Tiefe. In: Drei Geschichten und eine Betrachtung, Zürich 1995, S. 9–19